プロパガンダゲーム

根本聡一郎

双葉文庫

目次 contents

登場人物紹介 character

政府チーム

■後藤正志（ごとうまさし）

東皇大学法学部、サークルなどには入っていない。趣味はボードゲーム。

「国民全員を巻き込むような大々的なキャンペーン戦略に興味があり、広告代理店に関心を持ちました」

■椎名瑞樹（しいなみずき）

和瀬良大学商学部。ESSサークルのディベート部門に所属。趣味は旅行。

「グローバルに通用する、クリエイティブな広告を手掛けたいという思いでここにいます」

■香坂優花（こうさかゆうか）

奥州大学教養学部。セツルメントサークルに所属。趣味は野球観戦。

「誰にも知られずに頑張ってる人たちの力になりたくて、広告の仕事に興味を持ちました」

■織笠藍（おりかさあい）

学道院大学文学部。サークルは現代視覚文化研究部に所属。趣味は読書。

「映像作品のプロモーションに関わる仕事をしたくて、応募しました」

レジスタンスチーム

●今井貴也（いまいたかや）

和瀬良大学政治経済学部。バックパッカーで、しばらく世界中を回っていた。

「自分の世界を広げていくのが好きで、多くの職種の人たちと関わって仕事ができる広告業界に興味を持ちました」

●国友幹夫（くにともみきお）

慶耀大学経済学部。趣味は映画観賞で、スパイアクションを好む。

「ストーリーマーケティングに強い関心があり、番組以上に面白い広告を作ればいいなと思っています」

●越智小夜香（おちさやか）

立身館大学経営学部。マーケティングを専攻し、広報戦略について学ぶ。趣味は演劇鑑賞。

「これまで培った知識を生かして、チームを勝たせたいなと思ってます」

●樫本成美（かしもとなるみ）

慶耀大学総合政策学部。社会学を研究し、なかでもクィア理論に関心がある。戦争には絶対反対。

「いまだにステレオタイプな性の役割を強調されがちな広告業界で、これまでの規範を超えた広告をプロデュースしていければと思っております」

「君たちには、この戦争を正しいと思わせてほしい。そのための手段は問わない」

1　宣伝と戦争

このまま何も言わなかったら、葬式がはじまりそうだ。

誰に命令されたわけでもないのに、暗い色のスーツで身を固め、黙って俯いている学生たちの姿を見ながら、今井貴也《いまいたかや》はそう思った。10人に満たない若者たちを収容するには、あまりにも広い待合室。淡い水色のワイシャツにピンクのネクタイを締めた自分は、明らかに周囲から浮いている。だが、まさにこうなることが目的だったから、別に心配はしていない。ただ、お互いを探り合うような沈黙に嫌気がさしたのもあり、隣に座る男に話しかけてみることにした。

「これが最終選考らしいな」

隣の男は、眉だけをぴくりと動かし、ゆっくりと口を開いた。

「そうだといいが」

必要最小限の応答。隣の男は、染みひとつない白のワイシャツに、ネイビーのネクタイを締めていた。短く刈り込んだ髪は警官のようで、太い眉と筋の通った高い鼻からは、意志の強そうな印象を受ける。その険しい目は「これ以上話しかけるな」と雄弁に語っていたが、今井は気にせず手を差し伸べることにした。

「俺、今井貴也。これから一緒に働くかもしれないからな。よろしく頼むよ」

「後藤正志《ごとうまさし》だ」

後藤と名乗った男は、今井の手を一瞥《いちべつ》した後、仏頂面のまま応答した。

「自己紹介ならこれから散々やらされる。今は温存しておいた方がいい」

その言葉には婉曲的に「黙ってろ」というメッセージが込められていたが、めげずに笑顔で混ぜ返す。

「自己紹介に温存も何もねぇだろ。腐りゃしないんだから」

なかなか気の利いた返事だと内心思ったが、後藤の表情は、微動だにしなかった。愛想笑いすらしないその態度に、「こいつは手強いかもしれない」と思った。他の学生たちは、一切会話に関わろうとせず、黙って持ち場を守り続けている。今何か発言して、それがどこかで減点材料にされては困る。そんな思惑の含まれた沈黙だった。再び今井が口を開こうとしたところで、待合室のドアが開き、社員証を首から下げた男性が現れた。

「いやぁ、みなさん、お待たせしました」

男の顔を見て、真っ先に連想したのは狐《きつね》だ。痩せぎすの体型に細い目。男が、その目をさらに薄くして笑みを浮かべたが、その表情は、どこか嘘くさく仮面のような印象を受けた。

「それでは、これからみなさんを面接会場へご案内します。これが最後の選考になりますからね。頑張ってください」

狐目の男性が小さくガッツポーズを作る。親しみやすさの演出だろうか。それに反応して、学生のうち何人かが、作り笑顔を浮かべた。男性は、それを見て納得するように頷いた後、全員についてくるよう促した。今井は「最後の選考」という言葉を聞いて、後藤の方に顔を向けて、音を発さず「ほらな」と口を動かす。後藤はこちらのジェスチャーに反応を示さず、男の後を追って歩きはじめた。


今井たち学生8人が案内された部屋は、会議室のようなスペースだった。折り畳み式の机がロの字型に並び、対面までは乗用車1台が駐車できる程度の空間がある。

「担当者が参りますので、それまで少々お待ちください」

そう言って、男性社員が部屋をあとにした。しん、と静まり返る室内。静かな空間は嫌いじゃないが、人がいるのにみんな黙っているという状況が、今井はとにかく苦手だった。控室のやりとりで後藤が自分と話す気がないことはよく分かったので、今度は全員に向かって、声をかけてみた。

「集団面接にしては、妙な配置だよな」

そう言って、同意を求めるように周囲を見渡す。室内には、入口に近い位置にだけ、椅子がコの字型に並んでいる。

「向こうが面接官の方だったら……真ん中の人以外の顔、よく見えないね」

緊張で少しうわずった女性の声。反応してくれる人がいたことに、思わずほっとした。

発言したのは、おっとりした印象のある、栗色の髪をした女性だった。肩にかかった髪を人差し指で小さく巻き、不安げな表情を見せている。自身が部屋の端にいるからなのか、面接官への見え方を心配しているらしい。

「あの社員の方、最後の選考とだけ言ったでしょ。選考ではあるけど、面接ではないんじゃないの」

自分の右隣から続いて聞こえてきたのは、栗毛の女性とは対照的な自信に満ちた声だった。ショートカットの髪型に、はっきりとした目鼻立ち。発言した女性は「そんなことも分からないの」とでも言いたげな、勝気な表情を浮かべていた。明るい色の口紅がやけに目につく。

「……でも、面接じゃない選考って、何？」

これまで黙っていた長い黒髪の女性が、左端の方でぽつりとつぶやく。長い睫毛《まつげ》と伏し目がちな表情が、どこかミステリアスな印象だ。誰も彼女の問いかけに答えられず、沈黙が戻ってきたところで、扉の開く音がした。

先頭の男が部屋に足を踏み入れた途端に、部屋の空気がはっきりと変わった。先ほど今井たちを呼びに来た男が狐だとすれば、今入室してきた男は、明らかに虎だった。ストライプの入ったグレーのスーツが、そのイメージを補強している。よく日焼けした四角い顔に、短く刈った白髪。一言も発しないうちに、今井は、男がこの選考の最高責任者だと悟った。

白髪の男は、肩をいからせ、部屋の奥へと歩を進める。その後ろに、狐目の男性社員と初めて見る女性社員が続く。狐目の手にはタブレットが、女性社員の手には数枚のカードらしきものが握られていた。重役らしき白髪の男性はその足を止め、今井たち8人をゆっくりと見渡すと、重々しく切り出した。

「電央堂《でんおうどう》マーケティング局、局長の渡部《わたなべ》だ。まず、いくつもの選考を潜り抜けてここまでたどり着いた諸君をねぎらいたい。本当にご苦労だった」

重みのある低い濁声が、部屋に響く。

「諸君には、これから最後の選考を受けてもらう。ここで問われるのは、宣伝という行為への根本的な理解と、その理解を実行に移す胆力だ」

その言葉を聞き、男子学生の1人が神経質そうに眼鏡をかけ直した。局長は続ける。

「最近流行りの芸能人の名前だの、売れ筋の音楽だの、そんなものは知らなくていい。仕事に打ち込む中で、嫌でも覚えていくだろう。諸君に求められているのは、表層を撫でるような宣伝ではない」

渡部局長はそう言うと、部屋の対面に並ぶ学生たちの表情を一人一人見渡しはじめた。

今井は、相手に動じてない印象を与えようと、意識して渡部局長と目を合わせようとする。局長の射抜くような視線が近づいてくると、呼吸が徐々に浅くなるのが分かった。

「大衆が何を求めているのか。いかにすれば大衆の関心を引き付けられるか。そこを理解せずに小手先で内容を弄《いじ》ったところで、良い宣伝は生まれない。重要なのは、大衆の習性を把握した上で、適切に誘導するということだ」

渡部局長が、一瞬今井と目を合わせた後、すぐに他の学生らの方へと視線を移す。誰も口をきかず、局長の言葉に耳を傾けている。広告業界1位をひた走る巨大企業・電央堂の重役の言葉には、有無を言わさぬ迫力があった。

「諸君の力を測るために、我々はあるゲームを用意した。名前は、プロパガンダゲーム」

就活ではまず出会わない単語を耳にして、今井は一瞬、聞き間違いを疑った。

プロパガンダ——政治的宣伝を意味する言葉で、ナチスドイツを紹介する際に頻繁に登場する単語だ。学生を選考する場で、そんな単語が普通出てくるか？　似たような疑問を感じたのか、隣のショートカットの女性も、少し怪訝な表情を見せている。そんな今井たちの反応を見ながら、渡部は余裕のある微笑みを見せた。

「身構えることはない。プロパガンダというと、すぐにナチスだなんだと騒ぐ馬鹿がいる。情報に対する無理解が引き起こす悲劇だ。プロパガンダは、日常的に、至るところに存在する」

まさにナチスのことを思い浮かべていた自分の底の浅さを見透かされたようで、気恥ずかしさを感じた。栗色の髪の女性が、不安そうに周囲を見渡している。そうしたい気持ちはよく理解できたが、今井は、そんな感情はおくびにも出さず、話の続きを期待するような表情を繕った。学生たちの様子を満足げに見渡した後、渡部が続ける。

「諸君には、このゲームの中で宣伝の本質に迫ってもらいたい。正解はない。勝敗が全てでもない。ゲームの中で最も鋭敏な活躍をした人間を、わが社に採用するつもりだ」

採用という単語が局長の口から出たことで、周りの学生たちが心なしか前のめりになったような気がした。渡部の濁声は続く。

「最後にひとつだけアドバイスを送ろう。あらゆる手段を用いて人々に訴え、顧客を支持する世論を作り上げる。これが宣伝という仕事だ。情報化された現代社会では、顧客にあらゆる人間が想定される。このことを肝に銘じておきたまえ。では、諸君の健闘を祈る」

渡部はそう言い残すと、のしのしと部屋を退出していった。入口付近にいた学生が、眼鏡のつるを押さえながら慌てて道を開ける。渡部が退室し、再び静寂が訪れた室内で、狐目の男性社員が揉み手をしながら口を開いた。

「いやぁ、みなさん驚かれましたよね。渡部局長、ああいう演出が好きでして……何でもダイナミックに表現されるんです。プロパガンダなんて聞いて、驚いた方も多いと思いますけど……大丈夫ですからね」

学生たちの緊張を解きほぐすためか、必要以上に猫撫で声だった。続けて男性は、首から下げている社員証を顔のそばに掲げ、そこに載る写真と同じ笑顔を作った。

「申し遅れました、電央堂で人事を担当しております。みなさん、山野《やまの》と言います。今日はよろしくお願いします」

山野が頭を下げるのを見て、反射的に声が出た。

「よろしくお願いします」

今井の挨拶に、数人が慌てたように後から続いた。選考がはじまってから、自分をアピールするんじゃ当たり前すぎる。今井は、選考前にいかに自分を印象付けられるかが勝負だと考えていた。山野はこちらを見て小さく頷くと、選考について切り出した。

「これからみなさんに参加していただくゲームについて、私から説明させていただきます。まず、みなさんには、2つのチームに分かれていただきます。政府チームとレジスタンスチームです。みなさんにはこの2チームの一員として、宣伝合戦を行っていただきます」

政府とレジスタンス。民間の就職活動でまず聞くはずのない単語だった。室内には、山野の明るい口調とは対照的に、不穏な空気が広がっている。

「みなさんが宣伝を行う対象は、我々が抽選で選ばせていただきました、一般市民の方々100名です。市民100名は、我々が社内SNSを改変して作成したコミュニティサイト『パレット』に接続しています。みなさんには、このサイトに動画や画像、文章を投稿することで、自分の陣営の宣伝をしていただきます」

山野がタブレットの画面をこちらに向け、コミュニティサイト「パレット」を紹介した。「パレット」の画面は、左から赤、白、青の3色に色分けされている。左側には、レジスタンスチームと書かれた赤色のスペースが、右側には政府チームと書かれた青色のスペースがある。その中央には、広場と書かれた白い掲示板とテスト投稿が数個あった。どうやら中央の空間にも、投稿が行えるらしかった。

「パレットに接続している市民の方々は、仮想国家・パレットの国民だとお考えください。現在、仮想国家・パレットでは、ある出来事が原因で、隣国・イーゼルとの関係が戦争寸前まで悪化しています。激しい議論の結果、パレット国はイーゼル国と戦争を行うべきかどうかを、国民投票で決定することとなりました。みなさんには、政府側とレジスタンス側、それぞれの陣営に分かれてパレット国民に情報を発信していただきます」

学生たちが政府・レジスタンスの2チームに分かれて、戦争の是非について宣伝戦を行うということか。今井は解説を聞きながら、山野がはじめに言ったほど、このゲームの内容が「大丈夫」ではないことを感じはじめていた。説明は続く。

「政府チームは、イーゼル国との戦争を推進する立場を取っています。レジスタンスチームは、それに反対する立場の人々です。政府の勝利条件は、イーゼル国との戦争への賛成票が、反対票を上回ること。逆に、レジスタンスは、反対票が賛成票を上回ることができれば、勝利となります」

物騒な内容にもかかわらず、山野の口調はあくまで明るい。

「ゲームの時間は2時間です。１時間が経過したところで中間投票を行い、その結果が途中経過として報告されます。ゲーム開始から2時間が経過すると同時に最終投票が行われ、この結果が、ゲームの勝敗を決することとなります」

山野が顔を上げ、今井たち全員を見渡した。

「これが最終選考、プロパガンダゲームの概要です。これから具体的な宣伝方法とチーム分けについて説明していきますが、ここまでのところで何か質問はございますか？」

隣にいた短髪の女性が手を挙げた。今井はその姿を一目見て「社会派」という単語を思い浮かべる。

「ご説明ありがとうございます。慶耀《けいよう》大学の樫本《かしもと》と申します。１点ご質問です。一般市民の方々１００名が、パレット国民として抽選で選ばれているということですが、その１００名のみなさまの男女比、年齢層、国籍などはどのようになっているのでしょうか？もし可能でしたらお教えいただければと思います」

淀みなくハキハキとした口調だった。「男女比」という言葉がやけに強調されていたのは、気のせいではないと思う。

「鋭い質問、ありがとうございます。まず男女比なのですが、公正を期すために男性50人女性50人で、1：1の比率になっています。年齢層に関しては20代～60代の方々を男女それぞれ10名ずつ、合わせて100名という構成なので、世代的な偏りはありません。本当は70代の方にもご参加いただきたかったのですが、ゲームの性質を考えた結果、このような構成になりました。国籍に関しては特に制限をかけておりませんが、社会生活を営む上で必要最小限度の日本語を身につけていることが、今回のゲームへの参加条件となっております。……このようなお答えでよろしいでしょうか？」

70代の高齢者に長時間画面の前に待機させる難しさなどを考えると、参加者の構成は多方面に配慮のある公平なものに思える。

「他に何か質問はございますか？」

質問時間は、相手に自分の印象を残すには良い機会だろう。樫本に続いて挙手しようとしたが、先にすぐ隣の後藤の手がまっすぐ挙がった。

「ご説明ありがとうございます。東皇《とうこう》大学の後藤正志と申します。今回、パレット国民として選定された一般市民の方々100名は、画面の向こうでそちらのコミュニティサイトを見守っているかと思うのですが、どの程度の意欲でこのゲームに参加しているのでしょうか。例えば、画面の向こうに座ってはいるが、ほとんどこのウェブサイトの画面を見ていない。そういった可能性もありうると思うのですが」

確かに、その通りだ。今井は、なかなか鋭い質問だと感心した。

「いい質問ですね。そこについては我々も懸念していたところで、対策を行っています。このゲームに参加する市民の応募要項には、今この時刻、つまり8月10日日曜日の午後5時に自宅にいられることが必須条件として書かれています。そのため、選ばれたみなさんは外出先などではなく、自宅でこのサイトを視聴していることになります」

この選考が行われる時間が、平日でも日中でもない日曜の夕方だったことは前から少し気になっていたが、その理由がようやく分かった気がした。要は、パレット市民の集まりやすい時間に合わせたわけだ。ここに来る前に、友人から「選考の時点で『休日出勤』とか、さすが広告業界だね」と不安を煽《あお》られてきたばかりだったので、ある程度正当だと思える日時指定の理由が見つかり、ほんの少し安心する。

「加えて、ゲームの最中には20分ごとに簡単な在席確認が行われます。この確認は、ランダムに指定された4つのキーを押すことで完了します。この在席確認が行われなかった参加者からは、最終投票の投票権がはく奪されます」

後藤が背筋をすっと伸ばしたまま、じっと山野の言葉に耳を傾けている。100分の1でいいから、その聞く姿勢を自分が話しているときに見せてほしかったとしみじみ思う。

「今回、市民の方々にはメディアと情報伝達に関する社会実験という名目で、このゲームに参加いただいております。市民の方々には、薄謝ではありますが謝礼もご用意しております。投票権がはく奪されますと、実験には不参加ということで謝礼もお支払いしないことを事前にお約束していただいております」

説明を聞きながら、そういう仕組みかと納得した。表現に細心の注意を払っているが、山野の話は、要するに「最後まで画面に集中してゲームに参加していれば、市民は金がもらえる」というものだ。

「これまで、みなさん以外の受験者の方にもこちらのゲームを受けていただきましたが、ごく少数の例外を除いて、市民のみなさまには最後までこのゲームにご参加いただいております。……ということで、回答としましては『市民の方々の参加意欲はある程度高い』と表現して差し支えないかと思います」

「お答えいただき、ありがとうございます」

後藤は、大きくはないが不思議とよく通る声でそれだけ言うと、しっかりと頭を下げた。

「他に質問のある方はいらっしゃいますか？」

すぐさま、後藤に負けじとまっすぐ手を挙げる。

「今井貴也です。今、パレットとイーゼルの間で起きている緊張状態は、何が原因で発生したんでしょう？　経緯と現状が知りたいです」

どちらの陣営に入ったとしても、対立の原因は必ず重要な情報になるはずだ。早めに確認して、攻め方のパターンを考えておきたかった。質問を聞きながら、山野が狐のような目をさらに細めて、ニコニコと頷いている。その目の奥にある感情は全く読めないが、とりあえず笑顔を返す。口を開いた山野の口調は、穏やかなものだった。

「気になりますよね。実は、仮想国家・パレットが置かれている状況については、それぞれの陣営によって把握している情報が異なっています。各部屋に移動してから概要をお伝えすることになりますので、もうしばらくお待ちください」

各陣営によって、スタートの状況がすでに異なっているらしい。現実でも、対立している陣営が同じ情報を持っていることは少ない。なかなか手の込んだ設定だなと思いながら、そこまで徹底して設定を用意しているこのゲームに、少し不気味さを感じた。山野が変わらぬ笑顔で学生に問いかける。

「他に質問はありますか？……はい、特にないようですので、続く説明を弊社の石川《いしかわ》からさせていただきます」

石川と呼ばれた女性が、先ほどまで山野がいた位置に進み出た。言葉を発する前から、石川には妙な存在感があった。マニッシュショートの黒髪に、マネキンのように整った顔立ち。黒ジャケットの下に着用している赤色のカットソーが、今井の目を強く引いた。石川が、きびきびとした動作で、持っていたカードを手前のテーブルに広げはじめる。その端正な顔立ちとあわせて、全体的にどこか機械的な印象を受けた。

「人事部の石川です。これからみなさんには、４人ずつ２つのチームに分かれていただきます。１つは政府チーム。もう１つはレジスタンスチームです。私からは、みなさんがこれから取れる行動と、それぞれのチームの特徴について説明させていただきます」

石川がテーブルから2枚のカードを手に取り、両手に1枚ずつ持って掲げる。右手のカードには「政府Government」の文字が見える。文字以外にも、青色の背景に首相官邸らしき建物と、スーツを着た男性が数人描かれていた。左手のカードには「レジスタンスResistance」の文字。赤色の背景に、アジトらしき建物で作戦会議をする私服姿の若者が描かれていた。

「このゲームでみなさんが取れるアクションは、大きく分けて2つです。ひとつは、自陣営のスペースにあるチームアカウントを使った、『宣伝』アクション。この行動は何度でも行うことができ、10メガバイトまでの画像と500文字までの文章を一度に投稿することができます」

先ほどまで山野が使用していたタブレットを指し示して、石川が説明を続ける。レジスタンス・国民・政府が使えるアカウントのスペースはそれぞれ同程度の大きさで、左から赤、白、青に3等分されていた。

「みなさんが取れるもうひとつのアクションが、『扇動』です。それぞれのチームは、ポイントを消費することで、この行動を取ることができます。扇動アクションは時間を指定して行うことができ、その間はアクションを行ったチームの情報のみが、コミュニティサイト・パレットの全体に流れます」

普段は画面の3分の1でしか行えない各チームの宣伝活動が、扇動アクションの間は、画面全体で行うことができるわけだ。このアクションを使うタイミングが、ゲームの勝敗に大きく関わりそうだ。

「加えて扇動アクション時には、通常は行えない動画や映像の発信を行うことが可能です」

気づけば誰に言われるでもなく、学生のほぼ全員がメモを取るようになっていた。だが、「誰かがやっているから続く」という行動が嫌いだったので、今井は気にせず説明を頭に叩き込むことにした。今、メモを取ってる人の大半は、どうせゲーム中にそれを確認しないだろうという気持ちもあった。

「これからは、それぞれのチームに関する情報です。扇動アクションの際にはポイントを消費するとお伝えしましたが、このゲームでは、扇動アクションや、『情報素材』の購入などで利用する、プロパガンダ・ポイントと呼ばれるポイントがあります。便宜上、ここからはこのポイントをＰＰと呼びます」

石川は山野と対照的に、硬い表情とやや低い声で説明を続ける。ピーピーという可愛らしい響きの言葉を表現する際にも、その面持ちはぴくともしなかった。

「政府チームは初期段階で２０００ＰＰ、レジスタンスチームは１０００ＰＰを保持しています。扇動アクションを行う際は、このＰＰを1秒ごとに1ポイント消費します。例えば、10秒間、扇動アクションを実行すれば10ＰＰ。５分間の扇動アクションなら、３００

PPが消費されます」

保有ポイントに差があるのか……。1000ポイントの差は、かなり大きい気がする。

「PPが政府チームより大幅に少ないレジスタンスチームは、ポイントの代わりに『市民アカウント』を4つ保持しています。レジスタンスのみなさんは、このアカウントを用いて、パレットのサイト中央部にある広場に、市民として投稿することができます。みなさんはそれぞれの陣営の特徴を生かしながら、ゲームを有利に進めてください」

石川がにこりともせず、両陣営に低温のエールを送った。政府チームは扇動アクションに使えるポイントが多く、いわばマス広告を大量に打てる。その代わり、レジスタンスチームには市民アカウントがあり、市民の一員として口コミを作ることができる。この両チームの特徴が、ゲームを動かす上で重要になりそうだ。ひと息ついた後、石川の声が先ほどまでよりやや大きくなった。

「情報素材の購入については、みなさんが各チームに分かれ、それぞれの部屋に移動した後に説明します。ここでは最後に、チーム分けについて重要なルールをお伝えいたします」

石川が、テーブルの上の2枚のカードを手に取り、全員に見えるよう掲げた。

「両陣営には、スパイが1名ずつ入ります」

2枚のカードには、ソフトハットにサングラスをかけた人物のイラストが載っていた。赤の背景のスパイは右を、青が背景のスパイは左を向いている。

「これからみなさんには、カードによるチーム分けの後、それぞれの陣営の部屋に移動していただきます。チーム分けの際、青色のスパイカードを引いた方、つまり政府側のスパイになった方はレジスタンスチームの部屋である『アジト』に、赤色のスパイカード、つまりレジスタンスチームのスパイになった方は、政府チームの部屋である『官邸』に移動してください」

スパイの説明を受けて、皆の表情が一気に不安そうに変わった。スパイになるかどうかで、このゲームの戦い方は随分変わりそうだ。石川の説明が淡々と続く。

「スパイの役割についた方は、特殊アクション『盗聴』を使用することができます。このアクションを行うことで、スパイは自陣営に、相手チームの会話の一部を伝えることができます。使用方法については、カード内に記載がありますので、そちらをよくお読みください」

どうやらスパイカードのイラストの下部には、スパイの行動に関する文章が記載されているらしい。今は石川がその位置を手で隠していて、学生たちにはその内容が把握できないようになっている。

「すでにお気づきかと思いますが、青色のスパイカードを引いた方は、政府チームの勝利が、赤色のスパイカードを引いた方は、レジスタンスチームの勝利が自身の勝利条件となりますので、それを理解した上で行動してください。ここまで、よろしいでしょうか」

学生たちがめいめいに頷く中、メモを取っていた樫本がゆっくりと手を挙げた。さっき「男女比」の質問をしていたショートカットの女性だ。

「ご説明ありがとうございます。確認になってしまうのですが、どこか間違っている箇所があればご指摘いただければと思います。まず私たち8名は、政府チーム4人、レジスタンスチーム4人に分かれる。青のカードを引いた学生は政府チーム、赤のカードを引いた学生はレジスタンスチームに所属する。両チーム4名のうち、スパイのカードを引いた1名は、自分の陣営とは逆の部屋に移動し、密偵の役割を果たす。このような理解でよろしいでしょうか？」

樫本が手に持っているメモ帳をペンでなぞりながら、慎重な様子で尋ねる。

「ええ、そうです。端的な要約、感謝します」

石川がにこりともせず礼を述べた。自分が相手の説明を理解していることを示すために、質問を装って要約を披露する。他の選考を受けている時にも似たようなことをやってアピールする就活生はいたが、石川は、あまりそういう学生に興味がない様子だ。樫本の方は、シンプルすぎる返答に狼狽しているようだった。

「それでは、これからチーム分けを行います。席について、回ってきたカードの束から1枚だけ選んでください。全員にカードが行きわたるまで、カードの表は絶対に見ないでください」

これまで立ったまま会話を聞いていた学生たちが、静かに移動しはじめた。今井は、特に何も考えず一番手近な椅子に座ることにした。石川が、全員が着席したことを確認した上で、自分の一番近くに座った長身の男子学生にカードの束を渡す。10秒もしないうちに、自分の前にカードが回ってきた。ただの厚紙で作られたにしては、ボリュームがあるカードだった。詳しく調べたい気持ちに駆られたが、すぐに1枚だけ引いて、隣へと引き渡す。眼鏡の男性が最後に残ったカードを手に取ったところで、石川が再び口を開いた。

「それでは、一斉にカードを確認してください。その際、周りの方にカードの中身が見えてしまわないよう充分に注意してください」

カードの表側を見ると、赤の背景と、相談する若者たちの絵が描かれていた。レジスタンスチームか……。カードの説明を読む前に、すぐに周囲の様子を窺う。今どんな表情を浮かべているかが、後で重要な手がかりになるかもしれない。

はじめに見えたのは、右斜め前に座っている後藤の様子だった。後藤は、すでにカードを机に伏せ、目を瞑って腕を組んでいた。その隣にいる樫本は、生真面目な表情でカードの文章を目で追っている。左側の席に目をやると、はじめにカードを受け取った長身の男子学生が、カードを見ながら頷いているのが見えた。栗色の髪の女の子は、カードを自分の胸に寄せ、周りに見られないよう気にしている。他の学生たちの表情も観察しようと目を走らせかけたところで、山野が口を開いた。

「みなさん、自分のカードは確認できましたか？　それでは、政府チームの部屋に移動する方は、挙手してください」

学生たちがまばらに手を挙げていく。長い黒髪の女性。はじめにカードを受け取った長身の男性、栗色の髪の女性、そして後藤が手を挙げていた。お互いがお互いの顔を確認している。栗色の髪の女性は、周囲に小さくお辞儀していた。

「4人揃いましたね？　それでは挙手しているメンバーはご起立ください。私が政府チームの部屋・官邸までお連れします」

山野が首から下げている社員証の青色の紐を指す。社員証の紐の色は、性別ではなくチームカラーを表していたらしい。全員が立ち上がったところで、山野が少し大きな声を出した。

「ゲーム全体に関する注意ですが、ゲームの最中、自分のチームと役職が書かれたそのカードは他の誰にも見せず、肌身離さずお持ちください。これは、レジスタンスチームも同様です」

今井は、机に伏せておいたカードを手に取り、上着のポケットにしまい込んだ。何度も内容を確認していたら怪しまれる。このままの状態でゲームを続けようと思った。

「では、政府チームの部屋に移動するみなさん、私についてきてください」

山野の含みのある言い方で、すでにゲームがはじまっていることに気づく。移動するのは、政府チームの学生だけじゃない。今、目の前で移動をはじめた4人の中には、すでにレジスタンスチームのスパイが1人紛れ込んでいるはずだった。ツアーコンダクターのような調子で手をかざした山野に連れられて、男女2名ずつが退出していった。

部屋に残ったレジスタンスチームは——何度か神経質に眼鏡をかけ直していた細身の男性、ここまで全く発言のないメタルフレームの眼鏡をかけた女性、説明の間に何度か質問をしていたショートカットの樫本、そして、今井の4人だった。

「残ったみなさんは、わたくし、石川がレジスタンスチームのアジトへとお連れします」

山野がいなくなった途端、石川の声の調子が若干変わった。先ほどまでの無感動な説明口調とは違い、どこか高揚したような響きがある。

「それではアジトに移動しましょう。政府の野望を打ち砕く、プロパガンダを期待します」

2　官邸

随分、手のかかったゲームだ。

政府チームの部屋「官邸」に案内されながら、後藤正志はそう思った。部屋の隅には、小さなスタジオ施設と複数の衣装が用意されている。カメラや音響など、全て揃えれば1000万円は下らないだろう撮影設備の前に、紺色のカーテンと演説台が設置されていた。隣には、アナウンサー風のカジュアルな服装から、淡い緑色の作業服、軍人が着るようなフォーマルな制服まで、様々な場面に応じた衣装が吊り下げられている。前を歩いている栗色の髪の女性が、普段撮影機材を目にすることがないからなのか、目を爛々と輝かせていた。

「こちらが、政府チームのみなさんが使用する部屋『官邸』です。あ、機材にはまだ触れないでくださいね！　これから説明しますから」

部屋の隅にある機材にじっと視線を送っていた黒髪の女性を横目で見ながら、山野が遠まわしに注意した。

「では、こちらの円卓にご着席ください。突然、政府だなんだといわれてここに移動してきたわけですが、まだみなさんはお互いの名前も知らないでしょう。まずは自己紹介をして、政府の絆を強めましょう」

山野は「政府」にも「絆」にもちっとも愛着がなさそうな雰囲気でそう言った。

示された円卓とそのそばに用意された4脚の椅子は白で統一されており、潔癖な雰囲気を漂わせている。各々、手近な椅子に着席した。

「時計回りにいきましょうか。では、先ほども端にいらした、そちらの方から」

突然、指名されたビジネスショートの男は、戸惑うこともなく、落ち着き払った声で自己紹介をはじめた。

「はじめまして。和瀬良《わせら》大学商学部の椎名瑞樹《しいなみずき》です。大学ではESSサークルのディベートセクションに所属していました。その際に培った技術が、今回のゲームでも役立てられるかもしれません。趣味は旅行で、ヨーロッパへよく行きます。グローバルに通用する、クリエイティブな広告を手掛けたいという思いでここにいます。みなさん、今日はよろしくお願いします」

横文字を多数織り交ぜながらの自己紹介と、次の人物に目配せする余裕を見て、後藤はそつのないヤツだと思った。長身に細身のスーツを着こなしており、ブルーのネクタイが知的な印象を与えている。

「はい、ありがとうございます。それでは次は……」

指名を待たずに栗色の髪の女性が椅子から立ち上がって、勢いよく話しはじめた。

「あ、私ですね。香坂優花《こうさかゆうか》といいます。奥州《おうしゅう》大学の教養学部で、セツルメントサークルに所属しています。あ、『セツルメントって何？　土木関係？』って言われるんですけど、そうじゃなくて、社会貢献に関する活動をしてるサークルです。誰にも知られずに頑張ってる人たちの力になりたくて、広告の仕事に興味を持ちました。趣味は野球観戦で、好きな選手は仙台パロッツで9回にファーストの守備固めで出てくる棚橋《たなはし》選手です！　あ……と、よろしくお願いします！」

一気にそれだけ言い終えた香坂が、深々と頭を下げ着席した。全体的に危なっかしい人物、というのが香坂に対して後藤が受けた印象だった。この部屋に案内された時点から、ひどく落ち着きのない女の子だなと思っていたが、何が彼女をそうさせているのだろうか。どちらにせよ、ゲームをやっていく上であまり戦力にならなさそうな気がする。

「香坂さんですね。ユニークな自己紹介をありがとうございます。では、お次の方」

指名されたのは、長い黒髪の女性だった。

「織笠藍《おりかさあい》と申します。学道院《がくどういん》大学の文学部です。サークルは……現代視覚文化研究部に所属しています。映像作品のプロモーションに関わる仕事をしたくて、応募しました。趣味は……読書です。よろしくお願いします」

織笠の自己紹介には、ところどころに若干の間があった。聞いていて心地良い透き通った声は印象に残ったが、他の2人に比べて自己紹介の時間が明らかに短く、周囲とどこか距離を置いている雰囲気を感じた。そんな織笠にも、香坂は笑顔で「よろしくね〜」と声をかけている。女性が同じチームにいることが嬉しいらしい。対する織笠の笑顔はぎこちない。そこで山野の目が後藤に向いた。

「ありがとうございます。では、最後は……後藤くん、だったかな」

質問の際に名乗ったことを覚えていたらしい。人事担当者の印象に残っていたことに満足しつつ、自己紹介をはじめた。

「はい。後藤正志です。東皇大学法学部で、サークルには所属していません。国民全員を巻き込むような大々的なキャンペーン戦略に興味があり、広告代理店に関心を持ちました。趣味はボードゲームです。今日はよろしくお願いします」

余計なことを口にせず淡々と経歴を述べることが、自分の場合は最も有効な自己PRになると後藤は考えていた。自己紹介で張り切るような人間は、後で必ず自滅する。面接待ちの際に話しかけてきた今井の顔を脳裏に思い浮かべながら、そう自分に言い聞かせた。

「ありがとうございます。ひと通り自己紹介が終わりましたから、改めて状況を整理しましょうか。ではみなさん、まずはこちらをお受け取りください」

学生たちに1台ずつタブレットが配られる。タブレットのトップ画面には、見慣れないアイコンが並んでいた。

「さて、みなさんは仮想国家・パレットの政府の一員で、広報を担当する役職にあります。

みなさんがこの部屋で行える行動は、大きく分けて2つです。ひとつは、パレット国民への情報発信。もうひとつは、情報素材の購入です」

そう言って山野が、放送機材の対角線上に置いてある机を右手で示した。

「あちらにあるデスクトップ型PCが、政府アカウントを操作できる唯一のマシンになります。みなさんはこの端末を共同で使用し、情報発信を行ってください。マシン内には、画像制作を行うソフトもインストールされていますので、簡単な画像であれば、こちらの政府PCで自作することができます。文章の投稿方法や画像の添付方法は、みなさんにお渡ししたタブレットのトップ画面にマニュアルがございますので、そちらをご参照ください」

すぐさまタブレット画面を確認すると、デスクトップには「政府アカウント使用マニュアル」と書かれたメモ帳のようなアイコンの他に、「各国基本情報」と書かれた地球儀型のアイコン、「情報屋」と書かれたクエスチョンマークのアイコンがあった。全てのアカウントのタイトルを迅速に確認した上で、後藤はすぐさま顔を上げる。山野は、学生たちが一斉にタブレット画面に目をやる様子を見ながら、微笑みを浮かべていた。

「他のアイコンが何かも気になりますよね。順を追って説明しますので、少々お待ちくださいね。次に紹介するのは、こちらのスタジオです」

示されたのは、部屋の隅にある機材群だった。

「石川から説明があったように、このゲームでは、常時自分の陣営のアカウントを使用して行える宣伝アクションの他に、PPを使用することで行うことができる、扇動アクションがあります。扇動アクション中は、自分の陣営の情報だけをSNS・パレットの画面全体に表示できることに加えて、普段は行うことのできない映像や動画の投稿が行えます。こちらのスタジオで撮影した映像は、ボタンひとつでSNS上に配信することができますので、ぜひみなさん、有効にご活用ください」

政府チームは、レジスタンスチームの2倍のPPを有している。扇動アクションと映像は、出し惜しみせず使用していった方が良さそうだ。山野はスタジオから円卓に向き直ると、思い出したように付け加えた。

「ひとつ、扇動アクションについて補足です。扇動アクションは、その性質上、両チームが同時に選択することはできません。開始から終了までの2時間、先に時間帯を予約したチームが、優先して扇動アクションを行うことができます。このことはよく覚えておいてください」

扇動アクションがバッティングすることはなく、常に「早く予約したチーム」が使用することができる。であれば、この情報戦を制する上で、ゲーム開始の冒頭がはじめの山場になりそうだ。可能であれば、先にこちらから扇動アクションを起こしたいところだ。

「さて、それでは残りのアイコンについてもご紹介しましょう。まずは各国の基本情報に関してです。地球儀のアイコンをタップしてください」

指示に従って、すぐさま地球儀のアイコンをタップする。タップと同時に、タブレットの液晶画面全体が切り替わった。画面では2本の旗がはためいている。左側の旗には「イーゼル国」、同じく右側には「パレット国」と書かれていた。

「先ほどの部屋でご紹介したように、現在、パレット国は、隣国であるイーゼル国と戦争寸前の状態まで関係が悪化しております。関係悪化の主因は、両国が領有権を主張するキャンバス島という孤島にあります。それでは画面を一度タップしてください」

再び画面をタップすると、世界地図のような画面が現れた。ただ、大陸の形は普段慣れ親しんだものではなく、仮想世界のものだった。パレット国の国旗は地図上の南東に、イーゼル国の国旗は北西にそれぞれ描かれており、ちょうど対角線上に位置していた。両国はともに複数の島によって構成される海洋国家のようだったが、後藤が見た印象では、イーゼル国の領土はパレット国の数倍大きかった。山野の説明の中で登場した「キャンバス島」は、両国のちょうど中間あたりに浮かんでいる。

「パレット国の領土面積は10万k㎡で、人口は5000万人です。お隣のイーゼル国はパレット国の10倍にあたる100万k㎡の領土面積を有していて、人口は1億人とパレット国の2倍となっています。パレット国は自由な市場競争を重んじる資本主義国で、議院内閣制を採用しています。対するイーゼル国は、国家による管理経済を軸とする社会主義国家で、社会党による一党独裁が行われています」

山野はそこまで説明したところでタブレットに触れ、画面を地図から切り替えた。学生たちもそれに倣う。画面に、3Dでモデリングされたキャラクターが2名表示された。パレット国の国旗側は、褐色の坊主頭に、人の心を見透かすような淡い青の瞳を持った人物、イーゼル国側は、猛禽類を思わせる鋭い眼光と鷲鼻を持った白髪の人物だ。

「こちらが、パレット国とイーゼル国それぞれの代表です。パレット国の首相・チューブ氏は、国内ではタカ派として知られており、元軍人という経歴を持っています。イーゼル国は現在、諜報機関出身の指導者、ガイウス国家主席の指揮のもと、急速に軍事力を拡張しています。両者とも、強権的で妥協を許さないという点で性格が似通っており、そのことが、現在の対立状況を生んでいます」

なるべくフラットな状態で市民に判断させるために、国家や指導者には架空の設定が与えられているようだ。

「さて、ここまでは政府チームとレジスタンスチーム、そして市民100人全員が共通で得られる基本情報です。ここからは、政府チームだけが把握している情報も含まれますので、ご注意ください」

山野はあえて口にしなかったが、後藤はその言葉遣いから、チームにすでに紛れ込んでいるスパイの存在を改めて意識した。

「いいですね。それではまず、パレット国の国家元首であるチューブ首相から、みなさんへメッセージがあります」

山野が自身が持つタブレット端末のチューブ首相の姿を二度タッチした。ゆっくりとチューブ首相の姿がズームされ、先ほどまで殺風景な青色だった背景が、執務室らしき場所に切り替わる。わずかな微笑みを湛えたまま硬直していたチューブ首相の表情が、突如、本物さながらに動きはじめた。

「やぁ、諸君。私がパレット国・首相のチューブだ」

なめらかな口の動きに合わせて、深みを感じるバリトンの声がモニターから発せられた。香坂が「わっ」と小さく声をあげ、すぐさまその口を押さえている。普段TVゲームなどをしないのか、リアルな3D映像に驚いているらしい。

「早速だが、現在、この国は建国以来最大の危機に瀕している。イーゼル国は日々軍事力を拡大し、我々の領土であるキャンバス島にまで、その支配域を拡大しようとしている。未確認情報だが、すでにキャンバス島にイーゼル国の人間が上陸しているという報告もある。これらの情勢を踏まえ、私は、彼らにキャンバス島の占領を既成事実化されないためイーゼル国との戦争に臨むことを決意した。君たちには、この戦争を正しいと思わせてほしい。そのための手段は問わない。あらゆる方法を駆使して、国民投票で賛成多数という結果を残してくれ。諸君の健闘を祈る」

発言が終わるとチューブ首相の姿がフェードアウトし、再び2名の指導者が硬直したまま並ぶ画面へ戻った。迷いなく自身の姿勢を示すチューブ首相は、なかなか有能な宰相に見える。いったん間を置いた後、山野が語り出す。

「チューブ首相はすでに戦争遂行の意思を固めており、残る障害は国民投票のみという状況です。みなさんの任務は、自陣営で得られたあらゆる情報を駆使して、国民を戦争賛成に導く、ということになります」

与えられた任務は、おおよそ就職活動の選考としては似つかわしくない内容だったが、「人間性」のような不明瞭なものを見られる選考より、自分には性に合っていると感じた。

香坂が不安げに周囲を見渡しはじめていたが、椎名と織笠は表情を変えぬまま、山野の言葉を聞いていた。

「さて、チューブ首相の勇ましい決意表明を聞いていただいたところですが、ここでひとつ、残念なお知らせです。チューブ首相は国民からの信頼も厚い有能な指導者なのですが、現在、一時的に心労で入院しており、ゲーム中の会見は、広報官であるみなさんが全て行うことになります」

「えぇっ」

香坂が再び驚きの声をあげる。この首相がいれば安心だと勝手に油断していたのだろうか。大抵の創作物では、強力すぎる能力や影響力を持ったキャラクターは、早々に退場させられる。今回のチューブ首相の件も、そういうことなのだろう。後藤にとっては想定内の話だった。

「あの……チューブ首相は、ゲーム中に体調が良くなったりはしないんですか？」

諦めきれないのか、香坂が山野に尋ねている。この発言は、どこまで本気なんだろう。純粋無垢な表情で質問する香坂の横顔を見ながら、そんな思考が頭を巡る。山野は、わざとらしく首を振ったあと疑問に答えた。

「ええ。チューブ首相の体調は、少なくとも国民投票終了までは元に戻らないようです」

そこで、一歩引いた様子で説明に耳を傾けていた椎名が口を開いた。

「まぁ、彼が独力で全てのスピーチをしてしまったら我々広報官は必要ないですし、選考が成立しないということですよね」

山野が苦笑しながら頷く。椎名も後藤と同じような結論に至っていたらしい。織笠は、無言で椎名の言葉に頷いていた。

「まぁまぁ。みなさんは、それだけ首相に信頼を置かれた広報官なんですよ」

どこか熱の感じられない笑顔で応じた山野が、再びタブレット端末の方を示した。

「もう一方の指導者、イーゼル国のガイウス氏がゲーム中どのような動きをするかは不明ですが、何らかの形でパレット国の行動に干渉してくる可能性がある、とだけお話ししておきます」

山野は学生たちの表情を見回した後、少し声色を変えて言った。

「それでは次に、はてなマークのアイコンをタップしてください。このゲームで最も重要な要素のひとつ、『情報屋』についてご説明します」

指示通りにアイコンをタップすると、画面が切り替わり、縦に4列、横に3行という配列で、サムネイル画像が現れた。それぞれの画像の上部には太字でタイトルが、右下には数字と「PP」という単位が記載されている。

「情報屋とは、このゲーム内で使用する『情報素材』を購入できるプラットフォームです。みなさんは、こちらのプラットフォームから、画像や映像を含めた様々な情報を閲覧、購入することができます」

プラットフォーム内にある画像のタイトルには「キャンバス島の全景1」「キャンバス島周辺海域の調査データ1」「イーゼル国の国家財政」などという言葉が並んでいる。それぞれの情報素材にはいくつかのシリーズがあり、数字が上がるにつれ、PPの消費量が上昇していた。

「その情報の重大性によって、PPの消費量は異なっています。時間が経つにつれ、情報屋が収集した情報素材の項目も増えます。どのタイミングでどの情報を購入するか、しっかり考えた上で行動を行ってください。なお、購入の手続きはPCからのみ行うことができます」

後藤はさっそくタブレットをスクロールして、情報素材のタイトルを全て目で追っていく。「軍事演習」という単語の入ったタイトルが目に留まった。この情報は使えそうだ。ただ、素材のタイトルを追っていて、ひとつ気になる点があった。

「ここまでのところで、何か質問はありますか？」

ゆっくりと手を挙げて、先ほど浮かんだ疑問を口にする。

「情報素材に関する質問です。いくつか目を通す中で、情報素材の中には、キャンバス島やイーゼル国軍に関する実写の写真等もあるようなのですが、このような素材はどのように作成されているのでしょうか。『キャンバス島』も『イーゼル国軍』も、架空の存在だと認識していたのですが」

質問を聞いた山野が、その笑みを大きくした。

「気になりますよね。情報素材の多くは、弊社と普段から取引のあるクリエイターの皆様にご協力していただき制作しております。先ほど登場したチューブ首相もそうでしたが、基本的には最新鋭のＣＧと、無人島など実在のスポットで撮影された映像を合わせて制作しております」

実在の風景とＣＧの合成で、パレット国とイーゼル国の係争の「情報」が作られている。想像していた通りだが、であれば、もう1点確認したい内容があった。

「つまり、情報素材は合成等によるフィクションということですね。例えば、情報素材の写真が合成であるという点について、パレット国民から指摘や批判が起きることもありうると思うのですが、その点については、事前に参加者の方々にはお伝えしているのでしょうか」

後藤の指摘を、山野が何度も頷きながら聞いている。

「ええ、そちらについては事前にお伝えしています。現在、ゲームに参加される市民の方々には画面の前で待機していただいているのですが、ゲーム開始時刻になるまでは、SNS・パレットの画面上には、このような注意書きが表示されております」

示された画面には、こう書かれていた。

『この実験に登場する国家、団体は全てフィクションであり、実在の団体とは一切関係はありません。このことをご理解いただいた上で票を投じてください』

「あ、ドラマの最後とかに出てくるやつですね」

画面を見ながら、香坂が納得したようにつぶやく。山野が、我が意を得たりといった様子で頷いた。

「まさにそうですね。参加者の皆様には、みなさんがこれからリアルタイムで紡いでいくドラマをご覧いただき、より説得力があると感じた意見に投票していただく。そのようにご理解していただけるとよろしいかと」

そこで質問の時間は終了した。山野が満足げに頷いた後、時計に目を向け、はっきりとした口調で言った。

「現在の時刻は16時45分。あと15分でゲームが開始されます。この15分間でタブレット内の情報を隅々まで確認し、ゲームへの準備を行ってください。チーム内での会話は、ゲーム開始まで一時的に禁止させていただきます。レジスタンスチームからのＯＫが出次第、ゲームはスタンバイ完了となります」

言葉に頷きながら、他の３人の表情を確認する。注意深くメモしている織笠。機材や衣装の方にたびたび目をやり、どこか落ち着かない様子の香坂。腕を胸の前に組み、思索に耽っている椎名。後藤はタブレット内の情報を確認しながら、国民を戦争に向かわせるのに最も効果的な広報について考えはじめた。

3　アジト

レジスタンスチームの部屋「アジト」は、その仰々しい名前とは裏腹に、どこにでもある会議室のような内装だった。部屋の隅には、小学校でよく見た覚えのある、折り畳み式の茶色い長机が置かれているのが見える。長机の上には、何故かステンレスの大型トレーがあり、中にはスマートフォンとノートパソコンが無造作に入れられている。

「こちらが、レジスタンスチームのみなさんが使用する部屋『アジト』です。機材には、まだ触れないこと。すぐに壊れる恐れがあります」

石川が、相変わらず無愛想な表情でアジトについて紹介しはじめたが、その声には、どこか面白がった響きがあった。

「あのー、もしかしたらなんですけど、政府チームより俺らのチームの部屋の方が……ボロくないですか?」

今井は、場の雰囲気を和らげようと、くだけた表情で問いかけた。

「もしかしなくてもそうです。レジスタンスってそういうものよ」

石川が、にべもなくそう答える。やっぱり、この部屋は政府の「官邸」よりボロいらしい。

「あー、そうなんですね。いや、アジトっぽくていい感じです」

アイスブレイクのつもりで軽い調子で言ったのだが、やはり石川の表情はちっとも変わらなかった。後藤の仏頂面を思い出しながら、今日は厄日かもしれないと思いはじめる。

「無駄口を叩かずに席へつきましょう。政府の犬どもに差をつけられるわけにはいきません」

この部屋に入ってから、石川の発言が明らかに変わっている。

「犬」

樫本が目を点にして、石川の言葉をぼそっと復唱していた。

「さっきもちょっと言おうと思ったんですけど、石川さん、ルール説明のときとキャラが違いますよね？」

今井がたまらず質問すると、間髪容れず答えが返ってきた。

「違いません。雑草に時間はないんです。さっさと席につきなさい」

「雑草」

今度は鳶色《とびいろ》の眼鏡をかけた男子学生が、どこか面白がった口調で繰り返す。石川の表情がびくともしないことを確認しながら、４人は石川の言葉に従った。アジトに用意されていたのは、何の変哲もない折り畳み式の黒いパイプ椅子だ。座ると、パイプが小さく軋む音が響いた。

「さて、政府の野望を砕くには、お互いの結束が重要です。まずは自己紹介をしましょう。1分程度で、簡潔に」

いきなりの自己紹介タイムで他の学生がすぐに反応できずにいるのを見て、今井は軽く右手を挙げる。

「じゃあ、俺から」

指名されるのを待たず、口を開いた。

「今井貴也です。和瀬良大学の政治経済学部で勉強してます。自分の世界を広げていくのが好きで、他じゃ考えられないくらい様々な職種の人たちと関わって仕事ができる広告業界に興味を持ちました。休学してバックパッカーでしばらく世界中を回ってたこともあります。今まで見たことのない新しいものに出くわすのが大好きなんで、このゲームには、正直ワクワクしています。政府チーム、絶対ぶっ倒しましょう」

今井は、人の気持ちを動かすには、本当に思っていることを口にすることが一番効果的だと考えていた。場が就活の自己紹介でも、その方針は変わらない。石川の表情は相変わらず読めなかったが、今井が発言し終えると同時に小さく頷き、隣にいる眼鏡の男性へ目を向けた。

「では、次は国友《くにとも》くん」

名乗る前に苗字を呼ばれたことに少し驚いた様子を見せながら、国友と呼ばれた男子学生が自己紹介をはじめた。

「国友幹夫《みきお》です。慶耀の経済学部で学んでいます。ストーリーマーケティングに強い関心があり、テレビ番組以上に面白い広告を作れればいい、なんてことを思いながらここにいます。趣味は映画観賞で、スパイアクションを好んで見ます」

口から「スパイ」という言葉が出たところで、部屋の空気がわずかに揺れる。国友はそれを察したのか、いったん口を噤《つぐ》み、石川の表情を確認した。

「自己紹介で、スパイがどうという話をするのは禁止ですか？」

即座に、マネキン然とした表情のまま石川が説明する。

「ゲーム内容に関わることは、ゲーム時間が開始してから発言してください。今は単に、自己紹介の時間です」

「分かりました」

鳶色《とびいろ》の眼鏡を片手で直した国友が、皆に向けて一言だけ付け加えた。

「必ずレジスタンスチームで勝利を掴みましょう。よろしくお願いします」

「国友って苗字……」

国友の自己紹介が終わったところで、今井は思わずそうつぶやいていた。「国友」と言われれば、思い浮かぶのはあの大財閥しかない。他の3人もきっとそうだろう。珍しい苗字だが、こいつは、あの「国友」とはどういう関係なんだろう。できればその関係を確認したかったが、石川が目で牽制していることを感じとり、ただ「よろしく」とだけ応じた。

「では、次の自己紹介は、越智《おち》さん」

何の資料も見ずに、石川がまだ名乗っていない学生の苗字を再び言い当てる。どうやら、今回参加する学生の名前は全て暗記しているらしい。越智と呼ばれた女性は、細身のメタルフレームの眼鏡を軽く右手で直した後、語りはじめた。

「越智小夜香《さやか》と申します。立身館《りっしんかん》の4回生です。大学ではマーケティングを専攻していて、国友さんから名前が出てたストーリーマーケティングなんかもそうですけど、広報戦略について勉強してました。漫画を読むのと演劇を観るのが趣味です。これまで培った知識を生かして、チームを勝たせたいなと思ってます。どうぞよろしくお願いします」

越智はすらすらと自己紹介を終えた。言葉自体は標準語だが、ところどころに独特なイントネーションがある。出身は関西地方だろうか。先ほどまでは一切発言がなかったが、今の自己紹介を聞く限り、話すのが苦手とは思えなかった。必要なときに、必要なことだけ発言する人なんだろう。髪は団子に結っていて、眼鏡の奥の鋭い眼光が、知的な印象を与えていた。

「それでは最後に、樫本さん」

呼ばれた樫本は、小さく頷いた後、自信に満ちた口調で話しはじめた。

「慶耀大学の樫本成美《なるみ》です。大学では社会学を専攻しており、ジェンダーにまつわる研究が専門分野です。なかでもクィア理論には大きな影響を受けていて、いまだにステレオタイプな性の役割を強調されがちな広告業界で、これまでの規範を超えた独創的な広告をプロデュースしていければと思っております。戦争には絶対反対の立場なので、このゲームには必ず勝つつもりです。みなさん、よろしくお願いします」

樫本は一礼した後、慣れた手つきで短い髪を整えた。樫本の自己紹介を聞きながら、内心でやっぱり苦手なタイプだとつぶやく。今井は、生真面目で自分の正しさを疑わない「優等生」が好きではなかった。だが、とりあえず今は楽観的に考えることにする。

全員自己紹介を終えたことを確認した石川が、テーブルの下から取り出したタブレットを配りはじめた。

「みなさんは同志です。政府の野望を阻むために、最大限努力してください。それでは、レジスタンスがこの部屋で行える行動について説明します。タブレットをご覧ください」

石川は、両チーム共通のルールについて、要領よく説明を終えた。樫本は、一字一句聞き逃すまいという姿勢でメモをしていて、他の2人も、樫本ほどではないが熱心にペンを動かしていた。

「さて、ここまでは政府チーム、パレット国民が共通して得られる情報です。ここから先は、チームごとに把握している状況が異なっています。まずはじめに、重要な点をひとつ」

そこで言葉を切った石川が人差し指を立て、説明を続ける。

「パレット国のチューブ首相は、ゲーム中一時的に入院していて、政府チームの広報官、つまり相手チームの学生たちがその代理の役割を担っています。それに関連して、政府チームに対する意見はどのようなものであれ自由ですが、チューブ首相個人への誹謗中傷は、本ゲーム内では禁止されています」

政府チームの首相を不在にする理由は、なんとなく理解できた。もし首相やそれに近い役を作ると、その役を担う学生の負担が重くなりすぎる。ただ、「首相個人への誹謗中傷禁止」という設定が、今井は気になった。

「国民投票で国の未来が決まるってときに、首相が入院しちゃってたら駄目じゃないですか？　それは充分、誹謗の対象になる気がしますけど」

レジスタンスとしては、「首相の個人批判」というカードがあった方が、確実に戦いを有利に進められるはずだ。それに、ひとつタブーがあると、表現自体が萎縮する可能性もある。今井の言葉に、意外にも石川が素直に頷いた。

「実際、首相がそんなことでは国がもたないというのは確かかね。ただ、このルールにはいくつか理由があります」

そう言って石川は今井の方に向き直り、すらりと細い人差し指を立てた。

「まず、過去にこのルールを設けないでゲームを実施した際に、レジスタンスチームの戦略がほとんど首相の個人攻撃に終始し、没個性的な展開だったということがひとつ。権力者への人格攻撃は見る者にとっては非常に分かりやすいものです。ただ、これを許すとただの悪口とその訂正だけで時間が進み、非常に近視眼的なゲーム展開になります。我々があなたたちとこのゲームに期待しているのは、そんなものではありません」

説明する石川の声色に、これまでのルール説明よりいささか力がこもっていた。

「もちろん、ゴシップも立派なイメージ戦略よ。ただ、入院中の首相にその作戦を取るのは得策ではない。体を壊して何も言い返せない人間に対して次々に非難を浴びせるのは、あまり行儀のいいことではないでしょう」

説明に頷きながら、次の質問をぶつけようとしたところで、樫本が割り込んできた。

「でも、それでは入院したもの勝ちということになりませんか？　悪いことをやっても、入院さえしてしまえば、誰にも追及できなくなる。そういうことになってしまうのでは？」

とてもじゃないが承服できないという口調で尋ねる樫本。石川がその目を捉え、じっと見つめ返した。

「あなた、いいことに気づいたわね。入院してしまえば誰も追及できない。ゴシップ報道を避ける上で、入院は伝家の宝刀、病院は一種の聖域と言えるでしょうね」

思わぬ称賛に、樫本は動揺しているようだった。

「ただ、そのうちあなたのように『入院したら何も追及できないなんてズルい』と思う人が出てくる。それがエスカレートして『本当は病気じゃないのに、逃げるために入院したんだ』なんて意見も噴出する。そうして病院が小狡い人間の避難所だと認知されれば、世論もいずれ取材を認める。こうして社会は、聖域を消滅させていくわけね」

決して明るくない未来を淡々と語り終えた石川の目が、今井と樫本の方へ向く。

「あなたたちの怒りは一面的には正義だけど、いずれその正義が自身に跳ね返ってくることもある。これは、このゲームと上手にお付き合いする上でも大切なことです」

石川の不敵な表情を真正面から捉えながら、今井はとりあえず矛を収めることにした。

「要するに、大人の事情的にも、俺たち自身のためにも、入院している首相への個人攻撃は、今回は禁止ってことですかね」

相手の首相を個人攻撃すれば、こちらの陣営も同じ手で責められることになる。それがこのゲーム全体にとって、あまりいい結果を生まないことは理解できた。

「ええ、そういうことです。他にこの件について、質問のある方はいますか?」

他の学生らから質問がないことを確認した後、石川は次の説明に入った。

「それでは最後に、情報素材に関して説明します。画面上にあるクエスチョンマークのアイコンをタップしてください」

今井が指示通りアイコンに触れると画面が切り替わり、ずらっとアイコンが並んだ。このアイコン1つ1つが、石川の言う「情報素材」なんだろう。タイトルを目で追いながら、気になるものは今のうちになるべく暗記しておくことにした。「キャンバス島住人の声1」「パレット国軍兵士の声1」等、個人発信の情報が多く集められているようだ。政府側からのリーク情報などがあればありがたかったが、今のところ、そういう内容は見当たらない。

「これが、この戦争にまつわる情報素材を閲覧・購入できるプラットフォーム、情報屋です。その重大性によってPPの消費量は異なります。ゲーム時間が経過するにつれ、情報屋は新しい情報を集めてくるから、しっかりチェックした上でゲームを進めること。なお、購入手続きはレジスタンスPCからのみ行えます」

部屋には折り畳み机の上に、旧式のノートパソコンが置かれていた。今井は、誰のタブレットでも情報素材が購入できれば楽なのにと思ったが、ややあって思い直す。もし、スパイが自分のタブレットでこっそり情報素材を購入できれば、開始直後に1000ポイント分、PPを消費してしまうことも可能になる。購入手続きが1台のパソコンでしかできないのは、そのリスクヘッジなんだろう。ゲームを通して、できるだけノートパソコンから目を離さないようにした方が良さそうだ。

「あなたたちレジスタンスチームが持っているPPは1000ポイント。これは政府チームの2分の1でしかないことを頭に入れておくこと。ここまで、何か質問は？」

全員から質問がないことを確認した上で、石川が、情報屋のタブを閉じた。トップ画面の中でまだ何の説明も受けていないのは、人型のアイコンだけとなった。石川はその人型アイコンを指し、全員にタップするよう指示する。

「あなたたちレジスタンスには、PPという資産が政府より圧倒的に少ない代わりに、市民との距離が近いというメリットがあります。このアイコンは、『市民アカウント』への入口。この人型アイコンを押すことで、あなたたち4名は、それぞれが市民として、パレットの広場に書き込むことができます」

広場というのは、SNS「パレット」の中央に位置している掲示板のような部分のことだ。広場にはすでにテスト投稿がいくつか並んでおり、それぞれにユーザー名が表示されている。

「今回、ゲームに参加している市民100人は、それぞれ任意のニックネームをつけて自分のアカウントを作成しています。まずは、あなたたちも他の市民と同様、ニックネームをつけてアカウントを作成しましょう」

さっそく人型アイコンをタップし、自分の「市民アカウント」の初期設定をはじめる。名前は何にしようか。ゲームの主人公を名付けるのと一緒で、変に逡巡してしまう。向かいに座っている国友は、特に考える間もなく、タブレットで文字を入力しはじめていた。

「あなたたちが使う市民アカウントは、他の市民と外見上は全く同じものです。ただ、他人と重複した名前を付けることはできず、ひとつひとつのアカウントはニックネームで識別できることは強調しておきます。意味は自分で考えなさい」

ひとつひとつのアカウントは、ニックネームで識別できる。つまり、完全な「名無し」は広場には存在しないということらしい。そうなると、政府批判やレジスタンス擁護ばかりしていれば、「この名前のアカウントはレジスタンス寄りだ」と認識されるだろう。市民アカウントを使った発言にも、一定の慎重さが求められそうだ。

今井はいろいろと迷った末、お気に入りのファッションブランドから取った名前で登録することにした。他の3人も、それぞれ市民アカウントの作成を終えたようだった。特に質問が出てこないことを確認した石川が、手首を返して革製ベルトの腕時計に目をやり、宣言する。

「オンタイムね。プロパガンダゲーム、開始まで残り15分。以降ゲーム開始まで、不規則発言を禁じます。各自タブレット内の資料をくまなく確認し、ゲーム開始を待ちなさい」

4　広場と扇動

官邸では、政府チームの学生たちがタブレットに触れ、熱心に情報収集を行っていた。後藤も政府アカウントのガイダンスを読み終え、今は「情報屋」のページでめぼしい素材を探しているところだ。SNS「パレット」の右側に位置しているスペースには、政府アカウントを使って無制限に投稿が行える。ただ、持っているリソースの量を考えると、政府アカウントで細かく投稿を行うよりも、扇動アクションを容赦なく使用して大胆に攻める方が、政府は優位に戦えるというのが後藤の考えだった。気になるタイトルの情報素材を見つけたところで、時計を確認した山野が小さく息を吐く。

「まもなく、ゲーム開始です。政府PCのディスプレイにご注目ください」

全員の目が政府PCへと向く。どこか場違いに感じる予報音が3回、続いて正報音が響き渡った。同時に、ディスプレイが切り替わる。画面には鮮やかな虹色の背景に、白抜きで「PALETTE」の文字が映し出された。

「ソーシャルネットワーク・パレットへようこそ。このWEBサイトには、パレット国民のみがアクセスを許可されます」

上品な女性の声。ただ、その抑揚のぎこちなさから、アナウンスの主は人間ではないことが想起された。

「パレット国民は、これから2時間30分後に重大な国民投票を控えています。国民投票の議題は『パレット国は、イーゼル国と戦争すべきか』です。パレット国民は、政府、レジスタンス両者の意見を参照の上、戦争すべきと感じた場合は賛成へ、すべきではないと感じた場合は反対に投票してください。なお、全ての国民は表現の自由を有しており、パレットの交流スペースである広場に自由に投稿することができます。闊達な議論の上、意見を確定してください」

アナウンスと同時に虹色の画面が切り替わり、左から赤・白・青に区切られた、パレットのホーム画面が現れた。中央の「広場」に、次々と発言が投稿され始める。

ハリー @harry105
はじまた

こらった @murasakinezumi
いぇーい、みんな見てるー?

ありえ @arie_n

うちらはパレット国民なの？

田中 @noname777
戦争とは穏やかじゃないね

モルトケ @moltke
なかなか凝ったサイトだな

マッチ坊 @matchde_su
表現の自由って本当に何書いてもいいの？
「パレット国民コロス」とかもおk？

斑駒 @thinktank
運営からのメールで「キャンバス島が対立の原因」というところまでは把握したが、賛否を判断するには情報が少なすぎる

マッチ坊 @matchde_su

お、ふつうに投稿できた
マジでフリーダムなんだな

湧き上がるように増えていく投稿の中、再び女性の機械音声が聞こえてきた。

「それでは、これより前半1時間のタイムカウントを開始します。政府、レジスタンスはそれぞれ広報を開始してください」

無感動なアナウンスとともに、ゲームの火蓋が切られた。PCの隣に置かれたデジタル表記のタイマーが、時間を刻みはじめる。皆がタブレットに落としていた視線を上げてチームメンバーに向き直ると同時に、1人が口を開いた。

「スパイは早めに見つけた方がいい」

視線が発言者の方へと一斉に集まる。口火を切ったのは、向かいに座っていた椎名だった。

「どうしてそう思うの」

一瞬の沈黙の後、織笠が尋ねた。

「スタートの段階でスパイがチームのイニシアチブを握って、自分の有利な方向に会話を誘導していったら、後々取返しのつかないことになるよね。だから、スパイは早めに特定した方がいい」

椎名の答えは淀みなかった。香坂が、椎名の言葉にやや驚いたような表情を見せている。

「あ、そっか。もうこの中にスパイの人がいるんだ」

相変わらず、香坂の発言はどこまで本気なのか分からなかった。後藤は、会話の主題が「スパイ」になってしまっていることを感じ、まずは軌道修正を図ることにした。

「スパイの話は今することじゃない。誰がスパイかを早急に見つけるのは重要だが、開始直後の今は判断材料がない。まずは購入する情報素材を確定させて、はじめの広報を行うことが最優先だ」

若干の牽制の意味合いも込めて、椎名の目をじっと見据えたまま言った。椎名は目を逸らさずに、小さく頷く。

「それはその通りだね。僕が言いたかったのは、この中の1人はレジスタンス側のスパイで、そのスパイが場を仕切っている場合もあるってこと。情報がゼロじゃ何もできないからね、情報素材の購入は賛成」

話の通じない人間ではないようだ。後藤が再び口を開きかけたところで、隣に座る織笠が手を挙げた。

「開始までの時間に序盤に有用そうな情報素材をまとめたんだけど、見てもらっていい？」

全員が立ち上がり、織笠の周囲に集まる。織笠は自身のタブレットで「情報屋」のページを開きながら、手帳を片手に自身の見解を述べはじめた。

「まず、イーゼル国が確実に軍備を拡張しているという印象を与えるために、『イーゼル国の国家財政』の素材は購入した方がいいと思う。キャンバス島の侵略を目論んでいるのが事実なら、その予算が軍事費として数字になって現れるはず」

淡々と語る織笠に、他のメンバーが頷く。

「次に、『キャンバス島海域でのイーゼル国の軍事演習』。この素材も購入した方がいいと思う。数字やデータでピンと来ない人たちに、イーゼル国は島の侵略を目論んでいるんだという印象を、視覚的に与える」

織笠は説明しながら、タブレットで該当する情報素材の箇所を指した。サムネイル画像には、屈強な艦隊の姿が見える。

「最後に、『キャンバス島の全景1』。これも購入しておいた方がいいと思う。これから私たちが戦争で守ることになるキャンバス島が、どれだけ大事な場所なのかを伝えて、愛着を持ってもらう。このあたりが初手で私たちがやることだと思うんだけど」

立て板に水という様子で説明していた織笠が、少し話しすぎたと感じたのか、最後に若干口ごもった。

「すごいねぇ、藍ちゃん！　なんか、映画の主人公みたい」

理路整然と戦略を語る織笠に、香坂がいたく感動したようだった。言われた織笠の方は、うっすら赤面している。

「うん、基本戦略は織笠さんの言った形でいいと思う。ただ、チューブ首相が動画の中で、すでにイーゼル国の兵士がキャンバス島に上陸している、みたいなことを言ってたよね。その証拠も提示できたら、さらにドラスティックに世論を変えられると思うんだけど」

椎名の指摘は真っ当だが、少し先走りすぎているような気がする。後藤は意見を訂正する形で、自身の意見を出すことにした。

「PPの消費が激しい『キャンバス島の全景2』あたりが敵の上陸に関する情報かもしれないな。ただ、チューブは『未確認だが』とも付け加えていた。まずは、信頼性の高い情報で外堀を埋めていく方が堅実だ」

「まぁ、それはその通りだね」

椎名は素直に頷いた。後藤は頷き返した上で、全員に向けて語りはじめる。

「キャンバス島を守ることを戦争の大義にするなら、まずは『キャンバス島はパレット国のものだ』という認識をしっかり国民に刷り込むことが重要だ」

「刷り込むっていうと……具体的には？」

すかさず尋ねてくる椎名を目で捉えながら、後藤は、以前父親から聞いた話を例示することにした。

「国営メディアを使って、係争地の名前と気温を自国の天気予報として流し続けた国がある。そうすることで、国民はその土地を自分たちのものだと疑わなくなった」

「……天気予報なら、毎日やってるから覚えちゃうんだ」

　ややこわばった声で、そうつぶやいたのは香坂だった。彼女が自分の言いたいことを即座に理解したことは少し意外だったが、後藤は頷いて要旨を伝える。

「大切なのは、繰り返すことだ。同じフレーズを、何度も繰り返す。そうすることで、相手の意識に刷り込める」

「なるほどね。でも、具体的に、どんなフレーズを繰り返す？」

　椎名が尋ね返してきたところで、唐突に政府ＰＣのディスプレイが切り替わった。ゲーム開始時と同じ、虹色の背景に「ＰＡＬＥＴＴＥ」の白文字。デパートの館内放送で流れるような緊張感のないチャイムが響き渡った後、アナウンスがはじまった。

「レジスタンスチームによる『広報タイム』です。この時間は、レジスタンスチームの情報のみがページ内に流れます。画面にご注目ください」

「広報タイム？」

　聞き慣れない単語に首を傾げる香坂。後藤は、即座にこれまでの状況から何が起きているのかを悟ると同時に、出遅れた不安を感じた。

「扇動アクションを言い換えてるんだろう。一般市民に扇動と言っては、警戒される」

「もう使うのか」

　椎名がそうつぶやき、意外そうな表情を浮かべていた。確かにそうだ。レジスタンスの

PPは、政府の半分しかない。まさかここまで早く仕掛けてくるとは思っていなかった。

織笠が、黙ってPCを見つめている。ディスプレイには、クリムゾンレッドの背景に、「Don't Trust Government」という黒い文字が3行に分かれて刻まれていた。赤と黒。「権力の闇を暴く」という意図を含んだ配色なんだろう。

「国民のみなさまに警告です。政府を信じないでください」

危機感を帯びた女性の声が、ディスプレイから聞こえてくる。その声は、わずかに聞き覚えがあった。

「政府は嘘を吐きます。彼らは扇動的なデマで大衆を騙し、人々を戦場へと駆り出します」

アナウンスは抽象的な内容だったが、だからこそ広がりがあるように感じられた。他の3人は、何も言わず画面の様子を見守っている。

「政府を信じないでください。彼らは自分たちに都合のいいデータだけを提示し、この国を戦争へと導きます」

変わらない背景から、レジスタンスの女性がアナウンスを続けている。女性は、ディスプレイに映し出された言葉と同じ意味のフレーズを、何度も繰り返していた。

「政府を信じないでください。彼らの言う幸せは政府にとっての幸せであり、国民にとっての幸せではありません。国民のみなさまにお願いです。政府の言葉を、信じないでください」

台詞が終わった後も、「Don't Trust Government」の文字は数秒間残り、そしてゆっくりと消えた。

「これで、レジスタンスチームの広報タイムを終わります」

機械的なアナウンス。画面は再び、青、白、赤の3色に戻った。

「何これ」

香坂が小さく声を漏らす。

虚実と思惑が入り乱れる、プロパガンダゲームがはじまった。

5　嘘

「じゃ、スパイの人、名乗り出ようか」

ゲーム開始の正報とともに、今井はアジトの面々にそう切り出した。もちろん、本当に誰かが名乗り出るとは思っていない。この発言で、他の面子がどう反応するかを見ておきたかった。全く表情を変えない越智。冗談だと捉え、わずかに笑みを浮かべる国友。樫本は「何を言っているの」とでも言いたげな、厳しい表情を浮かべていた。

「ダメか……釣られて出てきてくれると助かったんだけどな」

わざと大げさに落ち込んでみせたが、こっちの様子はちっとも気にせず、越智が別の話題をはじめた。

「とっぱじめに、扇動アクション打つんはどう？」

越智が、自己紹介のときには抑えていた関西弁を完全にオープンにしてチームに尋ねる。

「面白いね」

越智の提案に、国友は乗り気みたいだった。樫本は、少し表情を曇らせている。

「私たちのポイント量は政府の半分しかないでしょ。いきなり扇動なんか使って、大丈夫なの？」

慎重な意見の樫本に、越智は自身の見解を述べた。

「第一印象が肝心ってよう言うでしょ？『初頭効果』言うて、人は最初に示された情報に一番影響を受けやすいんよ。ポイントが少ないんやったら、ええタイミングで広告打たんと、勝たれへんよ」

提案は納得のいくものだった。ただ、相手の陣営も全く同じことを考えるかもしれない。

今井は先回りして、石川に尋ねてみることにした。

「石川さん、扇動アクションって、先に時間帯予約した人ができるんですよね？」

「ええ。その通りです」

「相手チームって、今どこかの時間帯を予約してます？」

「今のところ、皆無ですね」

「りょーかいです」

石川から願い通りの回答を得られたので、チームの3人に向き直った。

「これから2分後と、ゲーム終了直前の時間に扇動アクションを予約しよう。それが一番効く」

「初頭効果と親近効果の合わせ技やね。あたしは賛成」

越智が即座に同意してくれたことで、ひとまず安心する。

「いいんじゃないかな」

国友も面白がった様子で賛同してくれた。樫本は、相変わらず険しい表情で全員を見回している。

「2分後って本当にすぐだけど大丈夫なの？　そもそも、私たち自身も何も分かってないのに、一体何をアナウンスするわけ」

確かに樫本の疑問は真っ当だ。だが、すでに、その答えは用意してある。

「基本的には、印象操作だな。例えば『これから政府は嘘をつく』とかどうだ？　そのアナウンスがあった後は、かなり扇動アクションがとりづらくなるだろ」

PPに余裕のある政府チームは、これから扇動アクションを大量に打ってくる可能性がある。そうなる前に、少しでも相手を牽制しておきたかった。今井の提案に被せるように、国友が発言する。

「それならシンプルに『政府を信じるな』でいいんじゃないかな。これからゲーム中、何をするにも『政府を信じるな』という言葉が市民の頭に残るように、このフレーズを何度も繰り返す」

国友の提案に越智が頷いた。

「アナウンスはその方針でええと思うけど、映像はどないしよ」

今井はレジスタンスPCに触れ、デフォルトで入っている画像編集ソフトを起動した。自分が頭に描いているイメージを、ごく簡単な機能だけを使って表現してみることにする。

「こんなんどうよ」

レジスタンスのイメージカラーでもある深い赤を背景に、黒字で大きくスローガンを打ち込む。

「Don't Trust Government」

国友が流暢《りゅうちょう》な発音で、打ち込まれた文字列を読み上げる。

「どうして英語なの」

樫本が眉をひそめて聞いてきた。

「そりゃあ、お前、英語の方がそれっぽいだろ」

ただ「政府を信じるな」と日本語で書くのでは、泥くさすぎる。少しでも洒脱なイメージを持たせたかった。国友が、おかしそうに頷く。

「いいね。それっぽさは大事だ」

腕を組んでその様子を見ていた樫本は、自分以外が乗り気になっている様子を見て、ひとつ息を吐いた。

「分かった。相手が予約する前に早く時間を押さえましょう」

「決まりだな」

皆に向かって笑顔で頷く。レジスタンスPCを自分の側へ向けて時計を確認した。

「石川さん、レジスタンスチーム……今から1分後に扇動アクションを予約します」

「相手チームの先約がないため、扇動アクションは許可されます。継続時間は？」

間髪容れず回答する石川に答える。

「そうだな、まずは……1分間」

レジスタンス・チームによる扇動アクションが終わった直後の官邸には、しばし沈黙が流れていた。

「政府を信じないでください、だって。私たち、何も悪いことしていないのに」

香坂が、か細い声でアナウンス内容を復唱した。相手から、突然悪意をぶつけられたことがショックだったらしい。SNS・パレットの「広場」には、堰《せき》を切ったように投稿がなだれ込んでいた。

ありえ @arie_n
え、なにいまの怖《こわ》

ぱんこ @sweetsweet
書いてあった英語ってどういう意味？

マッチ坊 @matchde_su
嘘つき政府は何を言うのかなー

山田づくし @yamadaaaaaa
@sweetsweet　ググレカスと言いたいところだが特別に教えてあげよう
Don't Trust Government
「政府を信じるな」って意味だよ

斑駒 @thinktank
広報タイムというか、ただのネガキャンだったな
相変わらず状況が分からん

チョップ軍隊 @choparmy
要するに、これから来る政府の「広報タイム」には嘘が含まれてるってこと？

かりん @carin412
レジスタンスチームの顔が見えないのが不気味だなー

「どうする？」

広場に広がる混乱を尻目に、椎名が尋ねる。軽いショック状態にあるチームを俯瞰しつつ、後藤は自身の意見を伝えることにした。

「元の彼女の提案通り素材を購入して、今度はこちらから扇動を仕掛ける。PPの量では政府が圧倒的に有利なんだ。何度も扇動を行うことで、はじめの印象は塗り替えられる」

織笠を目で示し、断固とした口調で言い切った。織笠も小さく頷く。

「私もそれに賛成。彼らがやったことはただのレッテル貼りで、何のデータにも裏付けられてない。感情的にやりあわないで、証拠を示していくのが大事」

言い終わった織笠が、わずかに唇を噛んだ。自分の思い描いていた計画が、理不尽な印象操作で出端をくじかれたわけだ。内心は、かなり不快なんだろう。後藤は、見た目から受ける印象とは裏腹に、織笠が負けず嫌いな人物であると感じていた。

「分かった。僕らの方が、ポイントという点でアドバンテージを持っているのは確かだからね。その方針でいこう。購入する素材は、この3つでいいね？」

椎名が、先ほどまでレジスタンスチームのプロパガンダが流れていたディスプレイに情報屋のホーム画面を呼び出し、織笠が提案した「イーゼル国の国家財政」「キャンバス島海域でのイーゼル国の軍事演習」「キャンバス島の全景1」の3つの素材を選択する。「軍事演習」「キャンバス島の全景1」の素材は40PP、「イーゼル国の国家財政」の素材は60PPで、合計金額の欄には「お会計140PP」の文字が表示されていた。政府チームのPPの総量が2000であることを考えると、初期段階では妥当な金額の買い物だと言えそうだ。チーム全員が頷くのを確認し、椎名が購入ボタンをクリックした。コインが流れ込む、景気の良いサウンドエフェクトが鳴る。

「さてと、購入は完了。次は使い方の話だね。こちらから扇動を仕掛けるなら、誰かがあのスタジオで呼びかける必要があると思うんだけど、その広報官は誰がやろうか」

官邸の隅に設置されたスタジオをあごでしゃくりながら、椎名が尋ねる。

「私は、カメラの前で話すのはちょっと」

椎名からの視線を感じた織笠が、申し訳なさそうに辞退する。

「あー、あたしもしゃべるのあんまり得意じゃないし、たぶん、もっとちゃんとした人がやった方がいいと思う！」

織笠の隣に座る香坂が、少し慌てた様子で両手を振る。香坂には、自分が「ちゃんとした人ではない」という自覚があるらしい。残るは男2人だけだ。広報官という役割は、選考上は高評価になりそうな気もするが、ゲーム全体のことを考えた場合、後藤は自分の役割が広報官ではないと感じていた。

「俺がやってもいいが、正直適任ではないと思う。よく、仏頂面で愛想がないと言われる」

率直に自分の考えを伝えると、椎名は隠すことなく笑った。嫌味のない笑い方で、後藤はアメリカの外交官のような反応だと感じる。

「OK、じゃあ、ひとまず広報官は僕がやるってことでいいかな? ディベートで人前によく出てたから、ある程度はこなせると思うんだけど」

全員が頷いた。自分たちが辞退している手前、異論の出しようもない。

「うん、椎名くんでいいと思う! 椎名くん、誠実そうだし、おばちゃんたちから人気出そう」

香坂の賛辞に椎名が苦笑して答えた。

「おばちゃんからか……いや、ありがたいけどね」

椎名は自身の時計を見ると、顔を引き締めて言った。

「もう開始から10分以上経ってる。こっちもそろそろ反撃しよう」

6　軍事演習

　はじめの扇動アクションを終えた後のアジトは、にわかに活気づいていた。

「即興で作ったにしては、かなりうまくいったよね」

　国友が余裕のある笑顔で周囲を見渡す。

「ええ感じ。樫本さんのアナウンスもキレイで良かったやん」

　越智が、マイク代わりに使ったスマートフォンを握る樫本に声をかけた。樫本が、アナウンス内容の書かれた手帳から目を離し、ふぅっとため息をついた。

「全員、無茶ぶりが過ぎる。次は、もっとリハーサルしてからやらせてもらうからね」

　扇動アクションの時間がはじまる直前、今井が「一番アナウンサーっぽい」という理由で樫本を広報に指名したのだ。

「いやー、悪かった。ただ見ろよ、おかげで広場は大混乱だ」

　今井は樫本の意識を逸らすように、レジスタンスPCのディスプレイを彼女に向ける。

　SNS・パレットの広場は、その後もすっかり扇動アクションの話題で持ち切りになっていた。

クリオネさん @kuriOne
「政府を信じないでください」が頭んなかでリフレインしてる

Kohji@kkgoal
今のレジスタンスの広報は、次の政府広報の内容如何で評価が変わる
本当に警告だったのか、単に脅迫だったのか

らでぃっしゅ @akadaikon
「政府の幸せが国民の幸せじゃない」みたいなこと言ってたけど
それは本当にそうだと思う

ますだ @masudada
レジスタンスの広報、インパクトはあったけど中身はなかったな

全てが肯定的な意見ではなかったが、今井は「レジスタンスの仕掛けたネタを、広場全体が話題にしている」状態が重要だと考えていた。今のところ、その目論見は成功している。樫本以外のメンバーもＰＣの周囲に集まり、広場に次々に書き込まれていく投稿を目

で追っていた。

「政府に警戒感を示す投稿もあるけど、僕たちに不信感を持った人もいるみたいだね」

国友が、冷静に投稿の内容を分析する。

「ま、こんなもんだろ。ただ俺たちは、この広場にも手が加えられる」

今井はそう言って、タブレットの人型アイコンを指した。

「政府を警戒するような投稿を、時間を分散させて書き込もう。あいつらがはじめの扇動をやるまでに、少しでも政府に悪影響を与えておく」

今井の言葉に頷き、全員がテーブルへと戻る。国友と越智がさっそく自身のタブレットで、文章を作成しはじめた。2人の様子を横目に、樫本が声をかけてくる。

「情報素材の購入はどうするの？　さっきゲーム終了間際にも1分間の扇動アクションを予約したから、もうPPが120ポイントも減ってるけど」

今井は小さく頭をかきながら考えを口にする。

「情報素材なしじゃ説得力が出ないから、ある程度は買わなきゃいけないだろうな。ただ、無駄な素材を買ってる余裕もない」

レジスタンスチームのPPは、政府チームの半分しかない。ポイント消費の配分は、難しい問題だった。今井のぼやきに、テーブルの向こうから国友が反応する。

「必ずしも、僕たちが買わなくてもいいんじゃないかな」

タブレットに目を向けたままの国友の発言は、少し意外なものだった。

「どういうこと?」

樫本からやや詰問口調で尋ねられ、国友が静かに顔を上げる。

「政府チームには、僕らの2倍にあたる2000ポイントものPPがある。相手はそれを理解していて、積極的に情報素材を購入して使用してくると思うんだよね。大事なのは、彼らが広報で使用した情報素材は、僕らにとっても情報になるってこと」

確かに、情報を得る方法は素材の購入だけじゃない。

「相手が開示した情報を、こっちが利用するわけか」

「そう、今井くんの言う通り。情報には様々な側面があるからね。政府が自分たちに優位に働くと思って公開した情報が、ある側面では不利に働くかもしれない。そこを僕らが広報で突く」

「でも、政府も馬鹿じゃないんだから、自分たちに有利な部分だけ公開するんじゃないの」

樫本が胸の前で腕を組み、懸念を口にする。国友はその指摘にも顔色を変えず、即座に応答した。

「そうなったらはじめて、僕らから情報素材を購入する。政府がこれまで行った主張に、ダメージを与えられそうな素材だけを」

「俺たちの基本戦略は、カウンターってわけだ」

相手のパワーを利用して、数倍の威力で殴り返す。今井は、レジスタンスらしいその方針を気に入った。樫本も国友の主張を聞き、ある程度は納得したようだった。

「言いたいことは分かったけど……それじゃあ今の私たちは、相手が何かするのを待つ他ないってこと？」

「基本的にはそうなるね」

国友が鳶色《とびいろ》の眼鏡を右手で直し、落ち着き払って樫本の疑問に答えた。カウンター戦法の難しいところは、前のめりの相手にしか通用しないことだ。ただ、ゲームの状況を考えると、それほど心配はいらないような気がする。

「まぁ、すでに先手は打ってるからな。このまま、相手が黙って見てるってことはないだろうよ」

今井が両手を後頭部に回し、椅子の背もたれに体重を掛けたところで、レジスタンスPCから例のチャイムが鳴り響いた。

「ほらな」

今井はもの上に置いていたノートパソコンを机に置き直し、チーム全員が見られるよう固定した。画面には再び、虹色の背景が浮かび上がっている。ゲームスタート時に聞いたのと同じ機械的な女性の声で、アナウンスがはじまった。

「政府チームによる、広報タイムです。この時間は、政府チームの情報のみがページ内に流れます。画面にご注目ください」

アナウンスが終わると同時に、濃いブルーのカーテンを背にして演説台に立つ長身の男性が映し出された。たしか、チーム分けの時にはじめにカードをもらっていた学生だ。ビジネスショートの髪型と、すっきりと通った鼻筋が、清廉な印象を与えている。男性はカメラに目線を合わせると、明朗な口調で語りはじめた。

「政府チーム広報官の椎名瑞樹です。今回の放送では、我が国が現在置かれている状況について、みなさまにお伝えいたします。まずはこちらの画像をご覧ください」

切り替わった画面に映し出されたのは、彼方に見える島の影と、それを囲むような形で並ぶ軍艦の写真だった。一番手前にある水上艦が写真の右半分を占め、今にもこちらへ飛び出してきそうな迫力がある。

「こちらの写真は、我が国固有の領土・キャンバス島の周辺で行われた、イーゼル国の軍事演習を撮影したものです。水上艦18隻と潜水艦1隻が参加したこの軍事演習は、近年では最も大規模なものでした」

椎名がそこまで言ったところで画面が切り替わり、2つの円グラフが並んだ画像が映る。

「イーゼル国は、この5年間で軍備費を2倍に増額しており、その費用の多くは『領海警備費』として、軍艦・潜水艦の購入に充てられています」

再び画面が切り替わり、演説台と広報官の椎名が映し出される。椎名は、まっすぐにカメラの方を見据え、切迫した口調で続けた。

「我々は、イーゼル国が演習と称してキャンバス島海域に現れるのは、これが最後ではないかと懸念しています。イーゼル国がキャンバス島を諦めるのではありません。次は、実戦になるだろうという意味です」

椎名の台詞はやや芝居がかっていたが、厳粛な表情と舞台が臨場感を感じさせ、「実戦」という単語も滑稽には聞こえなかった。広報官が言葉を切ると同時に、スクリーン全体が写真の画像に切り替わる。青々とした海の中心に、灰色の岩肌とわずかな緑で構成された島が浮かんでいる。これが、キャンバス島なんだろう。切り立った岩盤のところどころには、わずかに木々が生い茂っていた。

「キャンバス島は、我が国固有の領土です。この美しい島を守るために、我々は先手を打つ必要があります。座して平和は守れません。パレット国民のみなさん、国民投票では、必ず賛成票を投じてください。キャンバス島を守るためには、その選択しかありません。国民のみなさんが決断してくださることを、切に願っています」

椎名が言い切ると同時に、画面が虹色に切り替わった。

「これで、政府チームの広報タイムを終わります」

レジスタンスPCは、元の赤、白、青の3色に戻った。広場の投稿が、再び加速する。

あいだゆうじ @yuji0329
これ、イーゼル国は挑発してんね

山頭火 @san10ka
「座して平和は守れない」。
いい言葉だ。

イブ @eva1991
無人島のそばで軍事演習があっただけで戦争しなきゃいけないなら、
今ごろ世界中で戦争状態でしょ

ray@ray_k
写真に写ってるのマジの艦隊じゃねーか
金かかってんなこのゲーム

ぱんこ @sweetsweet
このままじゃ他の国にあの島取られちゃうってこと?

やばいじゃん

クリオネさん @kuri0ne
広報官が爽やかイケメンだった……

よっち @yocchicchi
「敵が島のそばで演習してたから、こっちから戦争仕掛けよう」
ってちょっと好戦的すぎると思うんですが

ますだ @masudada
@yocchicchi
歴史を紐解くと「軍事演習」が原因で起きた戦争は少なくないので
今回の主張もそこまで的外れではないと思いますよ
ただ、この段階で事を構えるのは積極的すぎる気はしますね
「まぁ、無難な放送だったな。自分たちの領土が他国に侵略されそうだから、それを守るために戦う必要があるんですよってわけだ」

広場の投稿を目で追いながら、今井は率直な感想を口にした。国友が頷いて、今井の発言を補足しはじめる。

「僕たちのキャンバス島を守ろう、というのが彼らの基本方針になりそうだね。反論の方針は2つで、キャンバス島を守るために戦争は必要ないと主張するケースと、そもそもキャンバス島はパレット国のものなのか、と主張していくケース。前者には具体的な代替案が必要になる。後者は詳細なデータが必要で、血の気の多い人たちにはなんとなく嫌われそうだね。どちらの方針でも、キャンバス島に関する情報がもっと要る」

国友の口調は淀みなかった。今井は、その要約力に舌を巻きながら、気になったことを聞いてみる。

「キャンバス島は、パレット国の領土で確定してるわけじゃないんだよな」

「そうだね。基本情報のところでは『両国が領有権を主張する』と紹介されていたし、地図のページでもこの島だけ色がついてない」

今井の質問に、国友が自身のタブレットを参照しながら答える。

「そうだよな。あっちの広報官が『我が国固有の領土』なんて断言してたからさ。一瞬、信じかけてた。はじまってんなぁ、プロパガンダ」

広報官の椎名は、「我が国固有の領土」と「キャンバス島」という言葉が結びつくように、意図的にそのフレーズを繰り返していた気がする。このゲームで重要なのは「何が事実か」

ではなく、「何を事実だと思わせたいか」であることを、今井は開始早々に思い知った気がした。

「そうだね。そのあたりの反論も、レジスタンスアカウントでやった方がいいかもしれない」

国友が、今井のぼやきに冷静に応じた。ＰＣの画面をのぞき込みながら、樫本も会話に加わってくる。

「広場でも書いてる人がいるけど、島のそばで軍事演習やられたから戦争しようってのは暴論でしょ。飛躍がすぎる。ここは厳しく追及した方がいいよ」

今井も同感だった。ひとつ手を叩き、全員の気を引いたところで話しはじめる。

「よし。じゃあ、こうしよう。国友は情報屋でキャンバス島に関する使えそうな情報素材を探してもらって、樫本さんは、レジスタンスアカウントで政府の主張を批判する投稿をする。ＯＫ？」

今井はそう言って、レジスタンスＰＣを目で示す。その提案に２人が頷き、それぞれの席についた。

「越智さんは、今の放送どう思った？」

今井は、これまでの流れから判断して自分がこのチームの進行役になることを決め、まだ発言していなかった越智の考えを聞くことにした。越智はタブレットからいったん目を離し、メタルフレームの眼鏡を押し上げたあと話しはじめた。

「ざっくり言うと、ちゃんとしとったよね。広報官がおって、具体的な画像があって、演説もそれらしい。主張の中身は置いといて、外見だけで判断する人やったら、今んとこ政府に投票するんちゃうかな。広報官、男前やし」

どこまでも正直な感想だった。越智の話を聞きながら、この人は重要な戦力になりそうだと思う。あまり自分から話すタイプではないらしいが、発言の1つ1つが要所を突いていた。

「なるほどな。俺たちの方はまだ誰も相手に顔を見せてねぇし、こっちも広報官みたいな人間を立てた方がいいか」

「せやね。あちらさんが男性広報官で女性票掴みそうやから、うちらは女の人がええと思う。さっきもアナウンスしてもろたし、樫本さんが適任やない？　美人さんやしね」

越智は早口でそう言うと、再び視線をタブレットに戻した。

「ただ、政府チームはうちらよりずっとポイントに余裕あるから、どんどん扇動アクション打ってくるやろね。そうなると『ザイオンス効果』言うて、頻繁に見る例の椎名って広報官と政府チームに、参加者はだんだん親近感を持つようになる」

「そうなると、こっちとしては苦しいな」

「せやね。そうなる前にうちらは、相手さんとは別な武器使って応戦してく必要がある」

今井は、越智が目を向けているタブレットを見て、言動の意味を理解した。

「市民アカウントは俺たちしか持ってない。扇動タイムでまともにやりあわないで、こっちに注力した方が良さそうだな」

「おもろい話があってな、今、娯楽業界の広報の主流は、『ロングテール戦略』から『ブロックバスター戦略』に移行してる。自分のほしいもんを世界中から探せるネットが普及したことで、大勢に人気があるわけやないけど、自分が好きなニッチなもんを購入する人が増えていくいうのが大方の予想やったんやけど、今起きてる現象は真逆なんよ」

越智がメタルフレームの眼鏡の奥から、今井の目をじっと見据える。

「今の人らはな、ネットでみんなが話題にしてる人気の商品を、自分も購入したがる。つまりな、ネットが普及した今の方が、長いものに巻かれたがる人間が増えてんねん」

はじめて聞く言葉が多かったが、彼女の言うような現象が現実に起きていることは、今井も感じていた。多様性が認められて何でも自由にできるからこそ、誰かと一緒のことをしたい。そんなふうに見える人たちが、ネット上には明らかに増えていた。脳裏に、「自由からの逃走」という言葉が浮かぶ。越智の意見に納得しながら、その現状をこのゲームでどう生かせばいいか、頭をひねる。

「じゃあ……例えば、こういうことか？　広場でレジスタンス支持の投稿の方が多く、明らかに人気があるように見えれば、レジスタンス側に投票してみようかって人間が増える」

「仮説やけどね。あたしはそういうことが起こるんやないかなと思ってる」

越智は自身のタブレットに目をやりながら、軽く頷いた。その様子を見て、自分の方針に確信を持つ。

「分かった。広場の多数派を俺たちが常に取るようにしよう。それであいつらの扇動アクションに対抗する。越智さん、自分の市民アカウントで『広場』に投稿してもらっていいか?」

「あたしはもうしとるよ」

当然やろ、と付け加えそうな調子で越智が答えた。

「さすがだな」

今井は軽く頭をかきながら、タブレットで自身の市民アカウントを立ち上げた。圧倒的に資源で劣っていても、政府と互角に戦う手段が見えてきた気がした。

7　平和国家

演説を終えた椎名に、政府チームのメンバーが次々とねぎらいの言葉をかけていた。

「椎名くん、おつかれさま。ばっちりキマってたよ！」

「堂々としていて良かったと思う」

椎名は女性陣2人の声に笑顔で応えながら、あくまで冷静に返事をした。

「後藤くんのペーパーが良かったから。文章の言い回しがなかなか堂に入ってたよね。政治家の知り合いでもいるの？」

この状況でも如才なく他人を立てる椎名には懐の広さを感じたが、その発言には、後藤にとって触れられたくない単語が混じっていた。なるべく表情を変えぬよう気を付けながら、首を振って話題を変える。

「相手が反論してくる前に次の一手を打とう。こっちにはＰＰで数の利がある。これを生かさない手はない」

次の手を早急に打つべきだというのは、全員一致するところだろう。涼しい表情に戻った織笠が、さっそく新たな提案をはじめた。その様子を見ながら、後藤は内心、話題が無事変わったことに安心した。

「キャンバス島がいかに価値のある島で、その島が今どれだけ危険な状況にあるかを、もっと強調する必要があると思う。あの写真と軍事演習だけじゃ、まだちょっと弱いかな」

ポケットに手を入れながら壁にもたれかかった椎名が、織笠に同意する。

「僕も自分で話していて、戦争の大義名分として軍事演習では正直パンチが足りないな、とは思ったんだよね。もう少し、なんというか……」

「具体的な被害がほしい」

椎名が言い淀んでいたので、意図を汲み取った後藤はその言葉を明確に口にした。「何かが起きそうだ」という状況証拠だけでは、人は驚くほど動かない。これからどんな情報が必要になるかは、はっきりしていた。椎名が、後藤の発言に声を出さずに頷く。

「このゲームに参加してる人たちの多くは、アベレージな日本人だろ。そういう人たちが戦争賛成に票を投じるハードルって、実はかなり高いと思うんだよ。なんせ70年も戦争してない平和国家なわけだから」

椎名が言葉を選びながら、自分たちの陣営が置かれている状況を分析する。

「そのハードルを越えようと思ったら、つまり……ある程度ショックが必要だと思う」

これまでよりぐっと声をひそめた言い方だった。香坂が不安げに他のチームメンバーを見回している。織笠は、自身のタブレットをじっと見つめたままだ。後藤は腕を組み、ゆっくりと口を開いた。

「俺は逆に、賛成へのハードルはそれほど高くないと思ってる」

「それはまた、どうして？」

「この国が、70年も戦争をしていない平和国家だからだ」

後藤は椎名の言葉を引用して、さらに思うことを述べた。

「このゲームに参加しているのは、10代から60代の日本語話者だ。その中に戦争経験者はまずいない。戦争を経験している人間なら警戒するような呼びかけでも、この世代だけが相手なら、自然に受け入れられる可能性が高い」

席についたまま、淡々とほとんど唇のみを動かして言う。アメリカのような、第2次大戦以降も戦争を繰り返した国であれば、人を戦争に導く報道の特徴や危険性を理解している人間が世代を越えて分布している。ただ、自国で70年以上戦争をしていないこの国には、そんな人間はほとんどいないように見える。

「それに『ゲームの中であれば戦争をしてみたい』という人間は、この世界に山ほどいる」

タブレットを手の甲で叩き、断言した。

「それはそうかもしれないけど……僕はけっこう手強い抵抗があると思うよ」

その言葉に反論しかけたところで、議論を遮って香坂が声をあげた。

「見て、レジスタンスの人たちが何か投稿してるよ」

チームメンバーが再び政府ＰＣの前に集まった。画面左側に位置する、赤背景のレジスタンスチームのスペースには、数行の文章と写真が投稿されていた。

Ｒｅｓｉｓｔａｎｃｅ

政府の主張には、根本的な誤りがあります。

政府は再三キャンバス島を『我が国固有の領土』と主張していましたが、その根拠は明示されていません。

パレット国民全員が参照できる世界地図でも、キャンバス島地域は白色で描写されており、この地域がパレット国にも、イーゼル国にも所属していないことが分かります。

そのような地域で軍事演習が行われたことを理由にイーゼル国と戦争に踏み切ることは明白な暴挙であり、とても許されることではありません。

投稿には、政府の発言を厳しく批判する文章とともに、キャンバス島周辺地域を「世界地図」から切り取った画像が添付されていた。

「即座に反論してきたね」

テーブルに右手をつき、椎名が声を発する。

「想定内だ。次の扇動を5分後に予約しよう。原稿は俺が用意する」

5分あれば、説得力のある反論原稿を作れる自信があった。

「『キャンバス島は我が国固有の領土』って……どこかにそういう情報があったの？」

香坂の質問には、後藤に代わって織笠が答えた。

「購入した『キャンバス島の全景1』の情報素材の中に、キャンバス島の写真とセットで50年前の『イーゼル国側の地図』と島の歴史年表が入ってたの。その内容を読む限り、キャンバス島はパレット国のものと言ってしまって間違いないと思う。ただ、いちいちその理由を説明すると冗長になるから、さっきの演説では触れなかった」

丁寧な説明に、香坂がおとなしく数度頷いた。

「そうなんだ。長く難しいことを話しても、あんまり聞いてもらえないもんね」

「そうだね。香坂さんの言う通りで、シンプルさは大切だよ」

自分の知らないところで話が進み、やや困惑した様子の香坂を励ますように、椎名がフォローを入れている。織笠は再び「情報屋」に目を通していた。香坂の相手は椎名に任せ、後藤は織笠に声をかけることにした。

「確かキャンバス島周辺の調査データが情報素材としてあったよな？　あの島の有用性を示すには、購入しておいた方がいいと思うんだが」

「『キャンバス島周辺海域の調査データ1』ね。私も賛成。40PPだから、購入してもまだ余裕はある」

織笠と作戦会議をしていると、椎名が口を挟んだ。

『キャンバス島海岸の様子1』も購入してもらっていい？　これも40ＰＰ。個人的に気になってるんだ」

「理由は？」

「チューブ首相が言ってた、上陸兵の話。さっきも、『キャンバス島全景1』ってデータを買ったらキャンバス島の歴史の情報が入ってただろ？　タイトルだけでは分からないクリティカルなデータが、それぞれの素材に隠されてるんじゃないかな」

「そういう意図なら、購入しよう」

理解できる意図だったので、後藤は即座に決断をくだした。

「みんなも、それでいいかな」

椎名が丁寧に周囲のメンバーへ確認すると、他の2人も頷いた。再び椎名がＰＣへ向かい、素材を購入する。後藤は自分のタブレットに目を戻し、演説原稿の仕上げに入った。

「気合いの入った投稿だな。レジスタンスっぽいよ」

今井は樫本の投稿を読み上げた後、心からそう賞賛した。

「あんな子どもじみた演説で、国民に戦争させるわけにはいかないでしょ」

言葉自体は何気ない調子だったが、樫本の目には義憤の炎が満ちていて、今井はその表情にやや不穏なものを感じた。その正義感がチームにとって良い方向に向かうことを内心願いながら、全員に声をかける。

「さて、次はどうする？」

レジスタンスチームは、自然と今井が指揮官、国友と越智が参謀、樫本が友軍というチーム編成ができつつあった。

「キャンバス島は誰のものでもないって攻め手は、おそらくやり返されると思った方がいいんじゃないかな。『我が国固有の領土』とまで断言していたわけだから、おそらく相手は何か情報を掴んでる気がする」

真っ先に反応した国友の指摘に、越智が頷く。

「あたしもそう思う。政府の人らは、島が自分たちの国のもんやって根拠を出した上で、ほらほら、こんなに大事な場所なんやで、だから守ろ？　って言ってくるんちゃうかな。少なくとも、あたしならそうする」

2人の意見は、今井にとっても納得感のあるものだった。

「相手は島の所有権を明確にして、大事な島を守ろうと繰り返すわけか。まぁ、島は誰のものでもないって主張よりはずっと分かりやすいし、受け入れたくなるな。ただ、俺たちはそれに乗るわけにはいかない」

しばし間を置き、国友の方に目を向けて尋ねる。

「そういえば、キャンバス島に関わる情報素材で、何か良いのあったか？」

そばにあったノートパソコンを引き寄せた国友が、画面をこちらに向けた。

「『キャンバス島住民の声1』。40PPするけど、これは購入した方が良いよ。結局、今広場にいるパレット国民は、政府とレジスタンスの声しか聞いてないだろ。島の住人自身が何を思ってるか、という視点を持ち込むのは大切だよ」

その意見には同感だったが、これには樫本が異を唱えた。

「もしキャンバス島住民の声が『イーゼル国をやっつけろ』だったらどうするの？　その声を私たちはそのまま流す？　そんなことしたら、私たちの存在自体危うくなるかもしれない」

珍しく国友が返答に窮した。今井にとっても想定外の指摘だった。住民の声が、必ずしも自分たちの陣営にとって都合の良いものとは限らない。考えてみれば当たり前のことだが、その観点が自分にはすっぽりと抜け落ちてしまっていた。

「2つ買ったらええんやないの。『キャンバス島住民の声』シリーズ、まだまだあるみたいやし。リスクヘッジにはなるよ」

答えにつまっていると、越智が助け船を出した。今井は名案だと思ったが、これにも樫本が渋る素振りを見せる。

「ポイント的には、大丈夫なの？」

「ゲーム開始から20分が経って、1000PP中120PP消費。最後の扇動をすでに予約していることを考えたら、順当なペースじゃないかな」

　自身の腕時計を確認しつつ、国友が具体的な数字を挙げて意見を述べた。その言葉を受けて、今井は決断した。

「よし、『キャンバス島住民の声1』『キャンバス島住民の声2』、この2つを購入しよう。合計80ＰＰ」

　樫本も渋々だが納得してくれたようで、特に反対の言葉を口にせず軽く頷いた。さっそく国友に購入手続きを進めてもらう。その様子を見ながら、越智がぽつりとつぶやいた。

「本当にこんな島があったら、イーゼル国のこと、どないに思ってんやろな」

「敵でも味方でもない、お隣さんぐらいに思ってんじゃねえの？　実際に暮らしてる人たちが、一番現実が見えてるからな」

　自分たちは、このゲームで勝つために初めて島とその住民に目を向けはじめたが、キャンバス島住民は、今井たちに注目されるずっと前から、毎日島と向き合っていることになる。今回はゲームの一設定でしかないが、島の住民たちが自分たちよりもずっと地に足のついた考えを持っていることは、なんとなく想像できた。

「まぁ、住民みんなの意見が『イーゼル国をやっつけろ』なら、戦争しちまった方がいいのかもしんねぇけどな。立場上、そういうわけにもいかねぇし」

　なにげない口調でそう続けたが、その軽口に、樫本が敏感に反応した。

「立場上だけじゃないよ。住民みんながそうしたいと思っていても、戦争はいけないことだとしっかり諭す。それがレジスタンスの存在意義でしょ。私たちは政府じゃないから、多数派の言うことを聞かなくてもいいの。正義に忠実であればいい」

想像以上に熱のこもった言葉に、一瞬面食らう。考えていたよりもずっと早く、嫌な予感は現実になりそうだ。そんなことを思いながら、今井はなるべく感情を表に出さないよう気を付けて返答した。

「住民みんなが戦争したい、イーゼル国を倒したいって言うなら、それも住民にとっては『正義』だろ。正義は多面的なもんだよ」

キャンバス島の住民が、考え抜いた上で「イーゼル国を倒さなきゃいけない」と思っているなら、その決断を大上段に「間違ってる」と言い切る感覚は、今井にはなかった。何か反論しようとする樫本を制して、越智が声をかけてきた。

「おふたりさん、正義に関するアツい議論はそのへんにしといてや。それよりな、『キャンバス島住民の声1』、おもろいもんが出てきたで」

仲裁が入ったことに内心ほっとしながら、PCの画面が見える位置へと移動する。液晶に映る〝住民〟の写真を見て、思わず声が漏れた。

「これはなかなか、予想外な住民だな」

8　係争地の住民

「この短期間で、よくここまで書けるよね」

　手渡した原稿を見た椎名が、感嘆の声をあげた。

「誰でも慣れれば、これくらい書ける」

　内心、自身の腕を褒められて悪い気はしなかったが、それを顔に出さずに応答し、後藤はさらに付け加えた。

「信用していないわけじゃないが、原稿に書いてあること以外は話さないでくれ。広報中の不規則発言は、致命傷になりかねない」

　自分の書いた原稿の内容が不評である場合は仕方がないが、勝手にアレンジされた演説が失敗に終わるというのは耐えがたい。その気持ちがあって強い口調になってしまったが、忠告に対して椎名が気を悪くするようなこともなかった。

「ＯＫ、ＯＫ。政治家なんかは、それでよく失敗するからね」

　軽い調子で言いながら、椎名が再び演説台へと歩を進める。

「広報タイムまで、あと30秒、弱」

　ミキサー機材の前に立っている織笠が、左腕の時計を見ながら声をあげた。前回の扇動アクションの際も、この役割を担っていたのは彼女だ。どうも織笠には、放送機材の心得があるらしかった。そばに立っていた香坂が胸の前に両手を組み、どぎまぎした様子で織笠に声をかける。

「藍ちゃん、こういうテレビの機械みたいなのの前でも、すっごく落ち着いてるよね。テレビ局のバイトとかしてたの？」

織笠はなぜか一瞬硬直した後、香坂の目をちらりと見て小さな声で答えた。

「ドラマ、とかで見たことあるだけ」

「あー、そうなんだ！　私、そういうの詳しくないからかなー。大きい機械見ただけで、壊したら大変だなぁとか思って、ドキドキしちゃって」

「それは、私もちょっと思うな」

安心したように小さく笑う香坂につられて、織笠も笑みを浮かべた。緊張感の続くゲーム展開の中で、この2人が会話をしているときだけは別の空気が流れている。後藤は、香坂のことを少しバカにしていたが、実はチームの雰囲気づくりに欠かせない存在かもしれないと思い直していた。

「そろそろ、だね」

再び腕時計に視線を落として、織笠が伝える。

「いつでもどうぞ」

リラックスした椎名のやわらかい声が響く。織笠が広報タイムまでのカウントをはじめた。

「広報タイムまで、10、9、8、7、6、5、4」

3秒を切ってからは声を出さず、右手で順に数字を指し示す。そのまま人差し指を折ると、手振りで椎名を促した。

「パレット国民のみなさま、こんばんは。広報官の椎名瑞樹です。今回の放送では、一部で不当な批判を受けた『キャンバス島の領有権』問題に決着をつけます。我々は、キャンバス島が我が国固有の領土であるという証拠を保持しており、今回の放送では、その証拠を公開いたします」

上々の滑り出しだった。何も悪いことをしていない他者を叩くのは、誰にだって気が引ける。そこで、「自分たちは被害を受けていて、今からやり返す」と宣言する。この導線を引くことで、他者への攻撃は肯定されるようになる。それが後藤の目論みだった。椎名が力強いトーンで言い切った後、一拍置き、証拠について語りはじめた。

「キャンバス島は、120年前までは居住者の存在しない無人島でしたが、今から105年前、この島がどの国にも属していないことを周辺諸国に確認した上で、パレット国が自国の一部として編入しました。その後、パレット国民である実業家・ビリジアン氏がこの島でカツオ漁業、鰹節《かつおぶし》の製造等の事業を興し、その事業の従業者とその家族などによって、キャンバス島住民は最盛期には300人を超えました。その後も、キャンバス島にはビリジアン氏の子孫らが継続して居住しており、これらの事実から、キャンバス島がパレット国のものであることは明白です。そして、極めつけの証拠がこちらです」

声に合わせて、織笠がミキサーのボタンを押す。スタジオに変化はないが、SNS「パレット」では画面いっぱいに、古びた地図のような画像が表示された。

「これは、イーゼル国の50年前の地図です。地図内でキャンバス島はパレット国と同色で示されており、まさにイーゼル国自身が、キャンバス島はパレット国の一部であると認識していたことを証明しています。いかがでしょうか。これが、我々がキャンバス島を『我が国固有の領土』と主張する根拠です。みなさん、騙されてはいけません。キャンバス島を、私たちの島を、イーゼル国から守りましょう」

椎名が言葉を切ってすぐ、政府PCからは無機質な女性の声が響いた。

「これで、政府チームの広報タイムを終わります」

官邸内の張りつめていた空気が、そのアナウンスとともに、ふつりと緩んだ。織笠が時計を確認し、演説台の椎名に聞こえるよう声をあげる。

「1分40秒ジャスト」

「すごいね、椎名くん！　2回目もばっちりじゃん」

「いやいや、僕は原稿通りに読んだだけだから。全部後藤くんの力だよ」

興奮して声をかける香坂に、椎名は笑顔を向けながら謙遜してみせた。実際、椎名は後藤の原稿を一字一句違わずに読み切っていた。ただ、その躍動感のある口調から、傍目には原稿があったようには見えない。椎名が広報官として優秀なのは明らかだった。ただ、そんな話をするのはゲームが終わった後でいい。後藤は次の手を打つため、政府PCの前でパレット内の広場の様子を確認しはじめた。

山頭火 @san10ka
よーく分かった。
キャンバス島は俺たちの島ってことだな！

山田づくし @yamadaaaaaa
イーゼル国自身が「キャンバス島はパレット国」と思ってたんなら決まりじゃね

斑駒 @thinktank
50年前の地図を出されてもな
イーゼル国が今どう認識しているのか、
もし認識が変わっているなら、どうしてそのような認識に至ったのかが重要だろ

クリオネさん @kuriOne
広報タイム終了に合わせてぴったり演説を終える椎名くんイケメン
みず @mizuki0921
どっちも「騙されないでください！」っていうし
あたしは何を信じたらいいんだー
チョップ軍隊 @choparmy
最初に流れた「政府を信じないでください」がわりと気になってる
もし政府の言う通りなら、なんで今の地図だと、キャンバス島は空白地帯なの？
よしむら @yosshy
無人島だったとこにパレット人が住みついて、その先祖が今も住んでんなら、
もうパレット国ってことでいいだろ

「上々だな」

広場の投稿を見ながら、後藤はつぶやく。懸念を示すアカウントもあるが、広場のほと

んどは「キャンバス島はパレット国のもの」という認識になりつつあるようだった。

「そろそろ40分か。このままの調子でいけば、中間投票は勝てそうだね」

自身の腕時計を確認し、椎名が安堵した声で言った。織笠はメモ帳に再び何か書き込んでいる。

「素材購入で220ポイント、扇動アクションで200ポイント。ここまでの合計消費ポイントが420PPで、40分経過で残るポイントは1580PP。順調だと思う」

「1500ポイントも残ってるんだね。あと1時間と少しだし、もう少し使っちゃってもいいかもね」

さして考えるふうでもなく軽い調子で香坂が言ったが、これには後藤も同感だった。

「ポイントを残してもしょうがないからな。もう少し積極的に使用した方がいいだろう。島に関する情報を独占して、相手に一気に差をつける」

その言葉に頷いたメンバー全員が、新しく買う情報を検討するために情報屋のプラットフォームを開いて探しはじめる。だが、すぐに、隣にいた織笠の動作がぴたりと止まった。

「ちょっと待って。これ」

こちらに見えるように、織笠が自分のタブレットを持ち上げる。SNS「パレット」の画面の左側、赤い背景のレジスタンスチームのアカウントに新たな投稿が行われていた。数行の文章に、カラー写真が添付されている。中央にある広場の書き込みは、明らかにその勢いを増していた。

「『ご覧ください。こちらが、現在のキャンバス島の住民たちです。政府が言う住民の方々は、とうの昔にここから移住しています』」

感情を抑えた声で、織笠がレジスタンス側の投稿を途中まで読み上げる。チーム全員が添付されていた写真の画像に注目し、そして等しく固まった。

写真に映し出されているのは、廃屋のそばで縦横無尽に走り回る、大量のヤギの姿だった。

Resistance
ご覧ください。こちらが現在のキャンバス島の住民たちです。

政府が言う「住民」のほとんどは、とうの昔にここから移住しています。

みなさんは、主な住民がヤギであるこの島を守るために、パレット国が戦争をすべきだと思いますか？

ヤギの楽園を守るために、パレット国の人々が血を流すべきだと思いますか？

ヤギの生活を守ることも大切です。ただ、そのための手段がイーゼル国との全面戦争というのは、あまりに馬鹿げていませんか？

9　正体

レジスタンスチームの投稿の後、SNS「パレット」の広場は、これまでで最大の盛り上がりを見せていた。

ハリー @harry105
キャンバス島の主な住民、ヤギｗｗｗｗ

ニコル @niko
俺がキャンバス島の主だ、文句あるか

ありえ @arie_n
かわいい笑

ray@ray_k
これは流石に草
あんだけ真面目に演説ぶって、守る相手がヤギかよｗ

Fleming@courier
もうこうしよう
キャンバス島はヤギたちによる自治を認める
それが一番平和的だよ

山田づくし @yamadaaaaaa
@courier
ヤギ「キャンバス島は、我々ヤギによる独立国とする！」
アツい展開だな……！

「効果てきめんだな。みんなヤギの話してるぜ。さっきの演説内容は吹っ飛んだ」

広場の投稿を見ながら、今井は自然と頬が緩むのを感じていた。

「みんな面白い話が好きだからね。かつての島の所有権がどうとかいう話より、『住んでるのヤギだけです』の一言の方が、ずっと伝わりやすいし、話しやすい」

国友の言う通りだった。椎名の演説は論理的で証拠も揃ってはいたが、ほとんどの市民にとって重要なのはそこじゃない。今井は「ネタの面白さ」こそが情報を拡散させるカギだと確信していた。快勝ムードが漂うチームに、越智が冷静に発破をかける。

「こういうときに一気に畳みかけた方がええで。みんな市民アカウントで書き込んでる？」

「僕はもう投稿してるよ」

「俺もやってる」

今井たちの反応を見て、今まで慎重な表情で広場を見つめていた樫本が少し気まずそうに口を開いた。

「あ、あたし今投稿してなかったから、これからやってみるね」

その瞬間、急に越智の目つきが険しいものに変わった。

「念のためやけど、樫本さんのアカウント教えてもらっていい？　他の人らも、みんな誰が誰だか分かっといた方が、やりとりしやすいやろ」

指摘はもっともだった。チームメンバーのアカウント同士が広場でケンカなんかになったら馬鹿らしい。全員が頷き、まずは指名された樫本が答えた。

「あたしは……イブ。eva1991ってアカウント」

少し間があったのは気になったが、今はチームの良い雰囲気を保つことの方が大事だと思い直す。少しまごついた樫本に、今井は笑いながら助け船を出した。

「自分のアカウント名を言うの、若干恥ずかしいよな。俺はニコルな。さっきのヤギのアスキーアートを描いたの、俺」

広場上では、短い文章はすぐに流れていってしまう。アスキーアートは、自分の存在感を示しながら意見を伝えるのにちょうどいい存在だった。

「あれは良かったね。口の悪いヤギ。随分和んだよ。あ、僕はFleming。007の作者名から取ってる」

ヤギを褒めてくれたのは嬉しいが、国友が口にした007という言葉は気になる。今井は言うべきかどうか迷ったが、深刻には見えない程度に、カマをかけてみることにした。

「自己紹介んときも言おうと思ったんだけどさ、国友、だいぶスパイ推しだよな」

空気が重くならないように、あくまで普段通りの口調でそう尋ねる。国友は、柔和な笑みを浮かべたまま、右手で眼鏡に触れたあと答えた。

「好きなんだよね、スパイの世界。マニアが高じて、自分でスパイグッズを作ったりしてる」

「スパイグッズ？」

タブレットから目線を上げた樫本が尋ねた。

「うん。スパイグッズ。小型発信機とか、ボールペン型盗聴器とかね。市販の録音機器を分解して、部品取り寄せて作ったりしてる」

「おもしれぇなぁ」

照れもなくそう語る国友に、素直に感心する。今井も、別に使うあてがあるわけじゃないが、筆記用具型の盗聴器をほしいと思ったことが何度かあった。

「おもしれぇ趣味だけどさ、お前、今回スパイだったりしないよな？」

変わらない口調のまま、何気ない調子で尋ねる。前半戦も終わりに差し掛かりはじめている。スパイの話は、そろそろ片付けておきたいところだった。

「僕が本当にスパイだったら、自己紹介で『スパイ映画鑑賞が趣味』なんて言わないよね。わざわざ疑われるようなものだから」

応答した口調は、穏やかなものだった。国友の話はもっともだが、そのそつのなさが逆に気になる。

「それも見越して、あえて言うたって見方もできへんことはないけどな」

今井の内心を見越したように、越智が探るような口調で言う。だが、国友の表情は全く崩れなかった。

「あの短時間でそこまで考えたなら相当な策士だけど、残念なことに、僕はそれほど頭が回らないんだよね」

「ほんまかいな」

これまでの国友を見る限り、問題に対して即座に複数のプランを提示する姿勢をはじめ、とても頭の回転が悪いとは思えない。同じような印象を持っていたのか、越智はまだどこか国友を疑っているようだった。今井も話を全て信じたわけではなかったが、越智の顔を見て、まだ彼女のアカウントを確認していなかったことを思い出した。

「そういや、越智さんのアカウント名は？」

「あぁ、うちは『チョップ軍隊』」

こともなげに、アカウント名を真顔で明かす越智。予想外のアカウント名に、思わず吹き出した。

「なんだよ、その名前」

「おもろい名前の方が目ぇ引くやろ。広場じゃ、目立ってなんぼやで」

涼しい顔でそう続ける越智に、今井はそれもそうだと頷く。

「中間投票まであと10分くらいだけど、どうする？　もうひと押しくらいしておく？」

冷静な樫本の一言で、全員が時計を確認した。

「個人的には、中間投票の直前に扇動アクション入れときたいんやけどな」

スタートで扇動アクションを提案した越智が、前回よりは控えめに自身の意見を述べた。

今井たちは、ゲームスタート直後の段階で、冒頭とゲーム終了直前の時間に扇動アクションを予約していた。中間投票直前の時間も、重要なタイミングではある。今井は、石川に状況を尋ねてみることにした。

「石川さん、中間投票までの時間に、政府チームの扇動アクション、予約入ってますか？」

「中間投票直前、58分の時点から2分間、予約がありますね」

久方ぶりに話しかけられたにもかかわらず、石川は質問に即座に応答した。

「さすがに相手も学んできてるね」

「投票直前が一番印象を残せるからな。ポイントがありあまる富裕層は、これだから厄介だ」

国友の言葉に、オーバーに嘆いてみせる。もっとも、政府チームは想像していたよりも扇動アクションを使用していない。中間投票直前に2分間扇動をねじ込んでくるのは、妥当な線だと思った。

「今の勢いを維持したまま、中間投票に向かいたいけど」

口に手を当て思案顔でつぶやく樫本を見つめながら、越智が言う。

「政府チームは、例の椎名って男が顔になりつつあるけど、うちらにはその顔がない。その親近感の差が、後々決定的な差になるかも分からん。あたしは樫本さんを広報官に立てて、中間投票前に扇動かましといた方がええと思うんやけど」

「私が？」

意外そうに眉をひそめる樫本。今井にも、それは名案のように思えた。

「俺もそれがいいと思う。議論の内容も大事なんだけどさ、最後には印象がモノをいうんだ。樫本さんのルックスなら、プラスの印象を与えられる。声も上品だしな」

先ほどキャンバス島民の話で若干ぎくしゃくした関係を戻すつもりで彼女のことを褒めたが、樫本は、なんとも複雑な表情を見せた。

「まず、男性が女性の見た目について言及するのは、どんな内容だろうとセクハラだから」

険しい表情でそう宣言する姿を見て、自分が虎の尾を踏んだことに気づいた。訂正する間もなく、言葉が続く。

「私はそういうルッキズム的な見方が嫌で、今の研究をしてる。だから、見た目がいいから人前で話せなんて話は、正直受けたくない」

意思の強い眼差しで樫本に見つめられて、ばつの悪い気持ちから頭をかく。少し間を置いた後、慎重に言った。

「まぁ、言いたいことは分かる。だけどな、俺が樫本さんのルックスがいいって言ってるのは、単に美人って話じゃない。勝気な短髪の女性っつう外見がな、政府と戦うレジスタンスのイメージに合うんだ。カーキ色の服を着た小太りで眼鏡かけたおっさんが、『政府の独裁を許すな！』って言ってたらどう思う？　てめぇが言うなって思うだろ」

見た目が良い悪いの話ではなくて、その見た目が適切なんだ、という方向で説得を試みる。樫本は、今井の話にわずかに頬を緩めたが、またすぐに硬い表情に戻ってしまった。

「俺だってな、人間中身が大事だと思ってるし、見た目だけで相手を判断するような奴はクソだと思うよ。でもな、広報の一瞬じゃ相手の中身を見る時間なんかねぇんだよ。だからどうしたって、見た目が大事になる」

樫本の目を見据えて、力を込めて言った。

「俺たちの最大の目的は、イーゼル国との戦争を阻止することだ。そのためには、持てるもの全てを使う。女性のルックスだって利用する。軽蔑するならしてくれ。俺はこの勝負に負けたくない」

重要なのは、過程じゃなく結果だというのが今井の持論だった。樫本はたじろぎもせず視線を受け止めていたが、今井が言葉を伝えきると、一歩前に出て、顔から数センチというところまで近づいてきた。

「分かった。広報官を引き受ける」

急に接近してきた樫本に内心どぎまぎしつつ、かろうじて感謝を伝える。

「おぅ、ありがとう」

「ただし、原稿の作成には、私も関わるから。人形扱いはしないで」

「もちろん、そうする」

2人の様子を見ていた越智が、樫本の方を少し眩しげに見ながらつぶやいた。

「レジスタンスの鑑《かがみ》やな」

一時的に落ち着いた雰囲気を取り戻したアジトだが、その状況は長くは続かなかった。

「これ……3人とも！　ちょっと見てくれ」

冷静沈着な国友が、珍しく興奮を露わにしている。その声を聞いて、皆がそばへ集まった。国友はPCの液晶画面の1点を指差している。

「国友が興奮するのも、無理ないな」

指差されたポップアップには、事態を大きく展開させるであろう言葉が、1行で簡潔に記されていた。

『スパイから、音声ファイルが届きました』

中間投票が15分前に迫った状態で、レジスタンスチームによる「ヤギ攻撃」を受けた政府チームは、浮足立っていた。

「どうする？」

織笠がモニターを背にして、後藤たち3人に問いかける。

「まだ扇動で挽回できる。中間投票直前の時間を、今すぐ押さえる」

後藤は有無を言わさぬ口調で断言した。すぐさま椎名が山野に尋ねる。

「山野さん、55分~60分の時間帯に扇動アクションの予約はありますか?」

「今のところは、ありませんね」

「2分予約しよう。58分から60分」

後藤は山野の言葉を聞くと、即座に判断した。中間投票の結果は、最終投票にも少なからず影響する。中間投票直前に政府チームの主張をしっかりと聞かせることで、市民の投票行動を少しでも政府寄りに誘導しておきたかった。椎名が後藤の言葉に頷き、他のチームメンバーに目を向ける。

「そのくらいは、必要かもしれないね。2人はどう思う?」

「中間投票の直前に扇動を予約するのは賛成」

織笠が顎《あご》に右手を当てて、思案顔で答えた。

「でも、その2分間って……何話すの?」

遠慮がちに聞いた香坂の疑問は、もっともだった。椎名が確認するように一瞬こちらを向き、慎重に切り出した。

「さっき買った素材の中に、『キャンバス島海岸の様子1』があるんだけど……この中身、もうみんな確認した? いい写真があったんだ。あの素材をうまく使えば、もう一度『キャンバス島を守ろう』という方向に世論を誘導できると思う」

「キャンバス島海岸の様子1」の中身は、後藤も政府PCで確認して知っていた。

「あれはいい武器になるが、島にはヤギしかいないというレッテルをなんとかしないと、馬鹿にされるだけで終わる」

あの素材自体は悪くない。だが、使うべきときは今ではない。後藤の言葉に、同じく政府PCで素材を確認していた織笠が同調した。

「私も、あの写真は今使わない方がいいと思う。もうひとつ、別の情報素材を購入したでしょ？　こっちの素材の方が、今のタイミングでは効果的」

そう言って織笠がPCを操作し、購入済みの情報素材をクリックした。

「キャンバス島周辺海域の調査データか」

つぶやきながら自分もPCを覗き込む。画面に映った画像には、キャンバス島の地図が映し出されており、島の周辺海域には赤色の楕円が描かれていた。

「島自体にはヤギの強烈なイメージがついてるから……今は一旦、国民の視点を島の外に向けた方が良いと思うの」

相手が投稿してきた直後はやや慌てた様子を見せていた織笠だが、今はゲームスタート時に見せたような、俯瞰的な視点を取り戻していた。後藤も織笠の戦略が正しいと感じていたが、椎名が疑問を呈する。

「島についたイメージは、そのままでいいのかな。早めに払拭しておかないと、手遅れになるかもしれない」

その見方にも一理あるが、後藤には椎名が「反論のための反論」をしているように見えた。ディベートをする人間の癖なのかは知らないが、市民にどんな影響があるかより、議論そのものの優劣に拘泥しつつある。香坂が、複雑な表情を浮かべて見守っている。彼女が何も言いそうにないことを確認して口を開いた。

「このタイミングで直接の反論はしなくていい。まずは国民の目を、キャンバス島の住民から逸らすんだ。今は、ヤギの勢いがありすぎる」

椎名はまだ何か言いたげだったが、後藤が意見を変える気がないのを悟ったのか、渋々頷いた。

「OK、それじゃあ前半最後の演説を用意しようか。今回のテーマは『周辺海域』。島にいる大量のヤギさんたちは、黙殺する」

スパイからレジスタンスPCに送付された音声ファイルを聞いた4人は、しばし無言で顔を見合わせた。

「これ、どうする?」

今井がチームに問いかけると、樫本が反応した。

「公表しましょう。扇動アクション時に使えば、かなりダメージが与えられる」

「それは、今すぐ？」

毅然とした態度で言い切る樫本に、国友が慎重に問い直す。

「私はすぐにでもやった方がいいと思う。この発言は、相手の今後の広報にも響くから」

「時期はもうちょい考えなあかんって。チャンスは1回きりやで」

前のめりになっている樫本を、越智が冷静にたしなめる。

「僕も公表には賛成だけど、タイミングはもう少し練った方がいいと思う。今よりいい機会が、これから来るよ」

国友も、越智と同意見のようだ。今井は、送られてきた音声ファイルの内容とチーム内の議論を反芻しながら、これからレジスタンスが取るべき行動について葛藤していた。スパイから送られてきた会話の内容は、間違いなく「スキャンダル」と言えるもので、あの音声ファイルは、いわば切り札だった。使えば必ず、相手陣営に大きなダメージを与えられる。ただ、それだけの威力を持っているからこそ、下手なタイミングで使うわけにはいかなかった。政府にとって致命的で、レジスタンスにとって効果的な瞬間を、しっかり見定める必要がある。

気分を変える意味合いも込めて今井は軽く手を打つと、全員に向かって話しはじめた。

「分かった、こうしよう。この音声は扇動アクションを使って必ず公表する。ただ、そのタイミングは相手の出方を見て決める。俺たちの基本戦略は、カウンターだからな」

国友と越智はすぐ頷いてくれたが、樫本は腕を組み、今井の目をじっと見据えていた。

「相手の出方って、具体的には？」

疑問に返答しようとしたところで、越智が会話を遮った。

「中間投票まで、もう5分弱しかあらへん。細かい話は投票の間にしよ？　扇動アクション予約して、今は前半最後の広報に集中せな」

諭されて渋々頷く樫本を見ながら、助かったと思う。正面からやりあっていたら、かなり時間を消費してしまうところだった。すぐに頭を切り替え、前半最後の扇動アクションの中身を考えることにする。

「中間投票直前の時間は、相手に取られてる。俺たちは、その前の時間にしゃべるわけだけど……何を言っとくのが良いだろうな」

状況を整理してチームメンバーに問いかけると、さっそく越智から提案があった。

「今回は、ヤギのネタの深掘りと樫本さんのお披露目ってとこやない？」

確かに、広場の投稿は相変わらずヤギの話題で盛り上がっている。

「例の『政府を信じないでください』ってフレーズを、もう1回使うのはどうかな。繰り返し刷り込むことで、より印象に残せる」

国友の提案を受けて、樫本が軽く手を挙げた。

「賛成。中間投票直前には、政府の人たちは何かインパクトのある新情報を出してくると思う。それが何かは分からないけど……『政府を信じないで』というフレーズは、何に対しても牽制になる」

「よし。じゃあ、そのフレーズは採用だ。中間投票まであと5分。扇動タイムを予約するぞ。時間は……56分30秒から1分間。いいか？」

全員に声をかけると、これには越智が異を唱えた。

「キリ良く57分から58分までの1分間にした方がええんやないの？　相手の扇動タイムの直前まで映像入れといた方が、印象に残るやろ」

「いや、この30秒はわざと空ける。扇動と扇動の間に、俺たちの市民アカウントで広場に一気に投稿するんだ。広場の投稿はレジスタンス支持だったって印象をユーザーに残したまま、中間投票に突入させる」

理由を明かすと、越智は感心したような表情を浮かべた。

「そういう理由なら、いいんじゃないか」

国友がそう繋ぎ、樫本も頷いた。

ちらっと時計を確認し、全員を見渡す。

「前半最後の攻防だ。気合い入れて行こうぜ」

10　中間投票

「レジスタンスチームによる広報タイムです。この時間は、レジスタンスチームの情報のみがページ内に流れます。画面にご注目ください」

前回までと全く同じ台詞と調子で、扇動アクションの発動を告げるアナウンスが流れる。画面には、白の壁を背景に、真剣な面持ちでカメラを見つめる女性の上半身が映し出された。たしか、ゲームがはじまる前の時間によく質問していた学生だ。樫本、という名前だったか。部屋の壁とその女性以外、画面に映るものは何もない。シンプルすぎる構図が、視聴者の視線を中央の女性に引き寄せていた。黒髪のショートカットに赤い口紅。その姿を見ていて後藤は、中間選挙直前にレジスタンスが強力なアイコンを手に入れたことを悟った。女性が、その容姿のイメージに合った張りのある声で語りはじめる。

「レジスタンスチームの樫本です。みなさん、これから私の言うことをよく聞いてください。まず、先ほどアップしたこの写真。ここに写っているのは、このキャンバス島を開拓した張本人、ビリジアン家の元住居です」

そう言うと同時に、樫本が持っていたタブレットをカメラへと向ける。表示されているのは、先ほどレジスタンス陣営が、自身のアカウントで投稿した写真だった。古ぼけた木自分造の住居の周りに、ヤギが群れをなしている。獣たちが何かを警戒する様子はなく、自分こそがこの土地の名士だと言わんばかりの態度だった。

「ご覧の通り、この島がカツオ漁により栄えていたのははるか昔の話で、開拓者であるビリジアン家も、今はこの島に住んでいません。このことはすべて、ビリジアン家の子孫本人が語っています。現状、この島の主は、ヤギなのです」

凛々しい声で「ヤギ」という単語が強調された。画面が再び切り替わり、樫本の鋭い視線が画面に飛び込んでくる。

「政府はこれからキャンバス島を価値あるものだと見せかけるために、また嘘をつくでしょう。何を言ってこようとも、政府を信じないでください。投票先に悩んだら、この言葉だけを思い出してください。戦争は、殺し合いです。みなさんは、ヤギの島を守るために、人を殺しますか？」

「これで、レジスタンスチームの広報タイムを終わります」

扇情的な言葉を残し、演説が終了した。画面が再び、青、白、赤の3色に戻る。レジスタンスの広報官、樫本は、鮮烈なデビューを飾ったと言えそうだった。後藤の感覚を裏付けるように、広場に大量の投稿がなだれ込み始める。

ニコル @niko

島の主も住んでないんじゃ、無人島みたいなもんだな
無人島（ヤギ付）を奪いあって死ぬなんて、俺はまっぴらごめんだね

Fleming@courier
また政府は嘘をつくらしい

ray@ray_k
【朗報】レジスタンスの広報が可愛い

あいだゆうじ @yuji0329
動物は好きだけど、ヤギのために死ねるかと言われると無理があるなぁ

らでぃっしゅ @akadaikon
そうそう
「戦争は殺し合い」だよ
やってはいけない

斑駒 @thinktank
無人島でも、領土なら失うわけにいかないだろ
「領土であること」自体が価値なんだ

バフンウニ @bahundayo
開拓した一族も離れちゃってるんじゃなぁ

「よし、いいぞ『バフンウニ』、ナイスタイミングだ」

今井は、政府の扇動アクションが来る前に、うまい具合に投稿してくれた市民を思わず褒める。レジスタンスチームのテコ入れもあり、広場は樫本の演説に好意的な投稿が多数を占めていた。新たな投稿がやまぬうちに、画面が再び虹色に替わる。

「政府チームによる広報タイムです。この時間は、政府チームの情報のみがページ内に流れます。画面にご注目ください」

画面には、政府チーム広報官の椎名瑞樹が余裕のある微笑みを湛えて映し出されている。この顔を見るのも三度目。敵ながらさわやかで老人受けしそうなツラだな、と改めて思う。椎名が、柔らかい物腰で語り出した。

「国民のみなさん、こんばんは。政府チーム広報官の椎名です。今回はみなさんに、キャ

ンバス島の本当の価値について知っていただきたいと思います。注意してお聞きください」

椎名はカメラに視線を送ると、片手をさっと上げて語りはじめた。

「レジスタンスチームは、我が国固有の領土であるキャンバス島を、繰り返し『ヤギが住んでいるだけの島』と侮辱しています。これは、二重の意味で誤りです。1つ目の誤りは、キャンバス島には、少ないながらも今まさに生活されている住民の方々がいるということ。2つ目の誤りは、この島にはヤギとは別に、この国にとって重要な資産が眠っているということです」

「資産」という言葉に、皆が反応する。ある程度想像していたことだが、政府は中間投票前に、新たな武器を出してきた。

「みなさん、不思議に思いませんでしたか？　この島が本当にヤギがいるだけの島なら、どうしてイーゼル国は、この島を奪おうとするのか、と」

言葉が切れると同時に、画面にはキャンバス島とその周辺海域の地図が映し出された。地図上には、島から遠くない位置に、赤い楕円が記されている。

「政府の最新の調査で、キャンバス島周辺の海域には、莫大な石油資源が眠っていることが分かりました。パレット国政府には、この油田の採掘・実用化に向けた用意があります」

アジト内がにわかにざわめく。

「パレット国政府がキャンバス島に石油資源を発見した時期と、イーゼル国がキャンバス島の領有権を主張しはじめたタイミングは、ほとんど同時です。彼らの意図はあまりに明白だと言わざるを得ません。キャンバス島をイーゼルの手に渡してはいけません。彼らは、この島の石油が目当てなのです。国民のみなさん、卑劣なイーゼル国の魔の手から、この宝島を守りましょう！」

「これで、政府チームの広報タイムを終わります」

無感動なアナウンスとともに、政府チームの広報タイムは終了した。同時に、これまでの広報タイムでは聞かれなかったチャイムが響き渡る。普段のチャイムとは音階が逆で、高い音程から低い音程へと音が下りていった。

「1時間が経過しました。これより、中間投票を開始します。パレット国民のみなさんは、画面に表示されたボタンのうち、自分の意見に近いと思う方をクリックしてください。イーゼル国との戦争に賛成の方は青の『賛成』ボタンを、イーゼル国との戦争に反対の方は赤の『反対』ボタンを押してください。無投票の場合は、ゲーム後半戦への参加権がはく奪されます。投票時間は、10分間です」

パレット国民の中間投票とその結果を待つ間、レジスタンスチーム「アジト」では、後半戦に向けた話し合いが行われていた。

「結局、あのスパイからの音声はどのタイミングで公開するの？」

ゲーム中に時間の関係で中断していた議論を、樫本が改めてチームに投げかける。確かに、時間のある今のうちに考えておくべき議題だった。国友がゆっくり片手を上げて、長い指を2本立てた。

「政府チームがこれから取れる戦略は2つあると思う。ひとつは、これまでのやり方を継承したシリアス路線。具体的には、大切なキャンバス島がイーゼル国に侵略されるという恐怖のストーリーを、映像と演説で煽る」

国友はそこで一度言葉を切り、別の可能性について語りはじめた。

「もうひとつは、こちらのヤギ攻撃に合わせたソフト路線。パレットに接続しているユーザーが、政府側に親近感を持つような『ゆるい情報』を流す。普段なら、キャラクターや芸能人を使ったCMなんかがそれにあたる」

「言いたいことは分かるけどな、実際、『戦争を煽《あお》るゆるい情報』なんてありえんのか？　矛盾してねぇか」

軽く尋ねた今井の言葉に、国友が少し思案した後、具体例を挙げた。

「第2次世界大戦の頃、大日本帝国軍が喜劇を作って公演したこともあったらしいんだよね。笑いながら見てるうちに、支那事変の意義を教え込まれてる。そういうことが実際にあった」

「大日本帝国製喜劇って……字面はおもしれぇけど、中身はつまんなさそうだな」

「まぁ、やっぱり初めて作ると泥臭い感じになっちゃうから、あまり評判は良くなかったみたいだけどね。ただ、表面上は面白いとか親しみやすいという仕立てで、実際には戦争の正当性を宣伝するってことは、これまでに何度もあったんだ。今回、相手がそういう手を使ってくる可能性もなくはない」

「今回のゲームでは使えへんけど、アニメもプロパガンダに使えるやろな。日本の歴代の軍人とか女の子にして戦わせせんねん。そんなんしばらく見せといたら、軍とか戦争に勝手に親近感持ってくれるやろ」

どこか達観した目つきの越智が、国友の言葉を補足した。

「越智さんの言う通りだよ。次に日本が戦争するとしたら、軍歌はアイドル声優が歌うんじゃないかな」

「CDは握手券付きか」

自分で冗談を言っておきながら苦笑が漏れる。一歩間違えば、そんな未来があり得なくもないと感じられたからだ。一緒に笑っていた国友が、ふと表情を引き締めた。

「これは僕の予想だけどね……政府チームで主導権を握ってる人は、根が真面目なんだよ。思い切ってふざけられる人はいないか、いても発言権がない。だから僕は、ソフト路線はほとんどないと思ってる」

「あたしもそうやと思う。今んとこ政府にはボケがおらんねん」

「じゃあ、しばらく政府はシリアス路線で攻め続けてくるってこと？」

樫本の疑問に、国友がより突っ込んだ考察を披露した。

「今の政府は真面目だからね……そのうち、戦争を肯定するための作戦として、事件かそれに近い出来事の情報を仕掛けてくる。スパイからもらった音声を公開するのは、その瞬間だ」

チーム全員が頷いたちょうどそのタイミングで、チャイム音が流れた。

「さて、中間投票結果のお出ましだ」

つぶやいた声は自然と低いものになった。全員、厳しい表情でモニターを見つめる。

パレット国民100名による投票結果が出揃いましたので、発表いたします。

投票結果は、
賛成　39票
反対　61票
よって、中間投票では、レジスタンスチームが優勢です。

11　醜聞

「20分間の休憩を挟み、18時30分からゲームを再開します。後半戦まで、しばらくお待ちください」

政府PCから、女性の落ち着き払った音声が響いた。賛成39票に対して、反対61票。中間発表は、政府チームにとって完敗というべき内容だった。いったい、何がいけなかったんだ。後藤は前半戦の内容を思い返しながら、頭を抱えていた。結果を受け、官邸には重苦しい空気が流れていた。

「あたし、たぶんこうなると思ってた」

沈黙を破ったのは、香坂優花だった。こうなると思ってた？　ほとんどまともな発言をしてこなかったのに、何を根拠に言っているんだ。言い返そうと口を開きかけたところで、別の声が割って入った。

「どうしてそう思ったの？」

椎名だった。笑みを浮かべているが、どこかその表情には嘘がある。内心怒りを覚えているのか、単に相手の意図を確認したいのかは分からない。

「あたし、政治のことってよく分かんないから、変なこと言ってるかもしんないけど……」

そう前置きをした上で、香坂が考えを口にした。

「石油が出るから戦争しましょうって、感じ悪くない？」

その言葉で、後藤の怒りに火がついた。そんな頭の悪い女子高生のような理由で、自分の作った原稿を否定するのか——すぐさま、苛立ちを隠さず言い返す。

「石油は国にとって重要な資源だ。石油が枯渇すれば、無資源国では満足に電気も使えなくなる。石油の出る島を守るという判断は、間違いなく国益に適う」

とりなそうとして椎名が前に出てくるが、意外にも香坂は全く怯まなかった。

「後藤くんみたいに頭が良い人は、すぐにそういうふうに思うかもしれないけど、あたしはその理屈、ちょっと分かんなかった。あたしがバカなだけかもしんないけど、毎日『国益』とか考えてる人ってそんなにいっぱいいる？　投票する人の半分は、女の子なんだよ」

「30代以上は女の子じゃないだろ」

反射的にそう返答する。いつまでも「女子」だなんだと言って、お姫様扱いされたい人間が多すぎる。そういう「女子」を許す世間の風潮にも辟易していた。

「そういう考え方はダメだよ。自分が女の子だって思ってたら……女の子なんだから」

香坂の口調が少しずつトーンダウンしていく。後藤がさらに反論を加えようとしたところで、それを察した椎名が間に割って入った。

「後藤くん、優花ちゃんの言う通りだよ。国益なんて語彙を振りかざすのは、一般的なご婦人方にはアウトだ。それに、ゲーム中に女性を年齢で差別するような発言をしたら、政府チームは爆発炎上するからね。そういうリスク感覚は常に持ってほしい」

香坂と椎名の言い分を聞きながら、後藤の脳裏には、大勢の報道陣の前で頭を垂れる父親の姿が蘇っていた。「国益」という発想で普段から物を考えている人間なんてほとんどいない。特に女性にはその傾向が強い。香坂と椎名が言っているのは、つまるところそういうことだ。親父が過去に受けた仕打ちから、その指摘が概ね事実であることは理解していた。だが、だからこそ気に食わなかった。投票は、全ての人間が国益まで考えて行うべきだ。そこまで考えられない人間の方が間違っている。内心強くそう思ったが、選考の場だということを思い出し、一旦は矛を収める。

「私もそうなんだけど、後藤くんの頭だとすぐに分かることを分からない人たちっていっぱいいると思うのね。でね、そういう人たちの方が、パレット国の中でも多いと思う」

香坂が先ほどよりも落ち着いた声で、静かに話し出した。

「私みたいな人は、難しいことを言われると分かんなくなるけど、後藤くんみたいに頭のいい人は、簡単なことを言われても、ちゃんと理解できるよね。だったら、分かんない人たちの方に合わせた方が、たくさんの人に気持ちが届くよね」

決して大きくはない声が、官邸の隅々にまで響く。「分かんない人たち」の方が絶対数が多い。それは後藤の感覚と照らし合わせても誤りではない。ただ、その事実を認め、香坂の提案通りに動くことは、自分のプライドが許さなかった。部屋は相変わらず静かだったが、その静けさは、あまり気分の良いものではなかった。

「……あの、変なこと言ってたら、ごめんね」

沈黙を心配したのか香坂が小さくそう加える。ずっと黙って聞いていた織笠が、その言葉を強く肯定した。

「変じゃないよ。香坂さんの言ってること、すごく重要だと思う。多数決で勝負が決まるなら、多い人にターゲットを合わせようって提案は、とても合理的」

流れを読んだ椎名も同調し、チーム全員に呼びかけるように話しはじめた。

「僕も止めなかったから自戒を込めてだけど、コンセプトが抽象的すぎたんじゃないかな。国のために島を守ろう、なんて言われても、それで納得できる人たちばかりじゃない。ましてや今回のゲームの場合、守る国にそれほどシンパシーもないよね」

椎名が話している間も、香坂が大きな瞳をこちらに向けて心配そうな視線を送っている。後藤には、その憐憫の表情がたまらなく嫌だった。

「馬鹿ばっかりだ」

気づくと口が動いていた。そこからは、堰《せき》を切ったように言葉が溢れた。

「石油が出ようが、ヤギしかいなかろうが、領土を守ることは何よりも重要なんだ。どんなに些細な領域でも、一度侵略を許せば、なし崩し的に国土が奪われる。国土が奪われれば、国そのものが立ち行かなくなる。そうなれば大勢の国民が路頭に迷う。どうしてこんな単純なことが分からない。ヤギしかいないからいいなんて問題じゃないんだ。あんな話に騙されるなんて、どこまで物を知らないんだ」

本当に馬鹿ばかりだ。このチームも、あのサイトにいる市民たちもそうだ。

「何も知らないくせに、自分が正しいことを疑わない。国民のためを思って必死で訴えている主張には何ひとつ耳を貸さないくせに、それでいて、政治家個人の些末な振る舞いには異常に関心を抱く。説明責任があるだの、政治家としての資質が問われるだの……何も分かってないくせに」

狭い部屋でマイクを前にうなだれている親父の姿が何度も浮かぶ。いつだってそうだ。大局観をもって行動している個人は理解されず、何もかも誤解した大衆からリンチを受ける。このゲームでも、またそんなことが繰り返される。

「……もしかしてだけど、後藤くんのお父さんって、後藤正義《まさよし》、って名前じゃないか」

おそるおそる尋ねてきたのは椎名だった。事情を察したのか、織笠が口を閉じる。

「あっ。後藤正義って、あの『居眠り大臣』って言われてた……」

そこまで言って、香坂ははっと口に手を当てて押し黙った。ああ、そうだ。親父はもう、その名前でしか呼ばれない。後藤正義という本名より、メディアがつけた馬鹿馬鹿しいあだ名の方が、今や有名かもしれない。

「……親父は、イタリアでもらった風邪がなかなか治らず、会見前に薬を飲んでたんだ。抗ヒスタミン剤は眠気がくるからやめろと普段から言っていたのに……10分程度の会見だから、なんとかなると思ったんだろう」

当時のことを思い返すと、重い虚脱感が全身を包む。父親のことはなるべく知られたくなかったが、勘付かれてしまった以上は、あのとき何があったのか、親父がどんな人間だったのか知ってほしいという思いの方が強くなった。

「結果は、お前らの知ってる通りだ。会見中の親父の姿は日本のメディアでこれでもかというくらい繰り返し流され、大臣を辞職せざるを得なくなった。大臣だけじゃない。次の選挙で『国民の審判』とやらを受けて、1年も経たずに無職になった」

結果、誰よりも自分の仕事に誇りを持ち、日付が変わる前に家に戻ることがほとんどなかった父親が、日がな一日家にいるようになった。落選後こそ、後援者たちに謝罪して回るために外出が増えたが、それも終わると、魂の抜けたような顔で居間にいる姿を多く見かけるようになった。後藤は、はじめて父親のその姿を見たとき、自分のどこにこんな感情があったのかと思うほど強い憤りを覚えた。気づかれないよう息を殺して咽《むせ》び泣きながら、自分の父親をこんな抜け殻にした人間たちが許せないと思った。あの騒動以降、後藤の家の窓は全て、常に固く閉じられている。

「親父が30人も入らない会見の場でした一瞬の居眠りは、メディアを通じて1億人が知ることになった。親父がこれまでどれだけ国のために尽力したか。前日までどれだけ多くの要人と面会して、疲れ切っていたか。その前日の会議の中で、親父が世界に何を発表したのか。そんなことは一切語られない。俺の親父は、その日から『居眠り大臣』としか呼ばれなくなった」

怒りと無念さで自然と声が震える。

「親父は一晩で『悪人』になった。今まで親父の名前すら知らなかった連中が、訳知り顔で国の恥だと言った。『こんな政治家ばかりでは、国の品性が問われますね』と嘯《うそぶ》いた。お前が何を知ってるんだ。赤の他人のお前らが、俺の親父の、何を……」

大量のシャッター光を浴びながら、記者会見で頭を下げる親父の姿が蘇った。同時に、記者たちが「我々は国民の代表だ」と言わんばかりの居丈高な態度で、罵声に近い質問を浴びせていた様子が呼び起こされる。後藤が電央堂の採用試験を受けようと考えた目的のひとつは、復讐だった。親父は、メディアの玩具にされた。メディアに大きな影響力を持つ広告代理店の一員になれば、そのメディアに何らかの形でやり返すことができるかもしれない。この選考中も、頭の片隅には常にその思いがあった。心配そうに見つめる周囲の視線に気づき、後藤は深く息を吸った。

「余計なことを言った。恨み言を言っても何も変わらない。世間がそういうものだと知っていて……対策を取らなかった、俺が悪い」

両手の指を組んで前屈みに座る。今は採用試験の最中だ。これ以上、余計なことを言っている暇はない。少し冷静さが戻ってきたところで、香坂が申し訳なさそうに歩み寄ってきた。すぐそばまで近づいてくると、ゆっくりと屈み、大きな瞳でまっすぐ見つめてくる。

「後藤くんがだめなわけじゃないんだよ。ゲームの間に言ったら怒られると思うけどね……どっちかって言ったら、後藤くんの言ってること、分かんない人たちの方がだめなんだと思う。でもね、だめな人たちの方がいっぱいいるし、その人たちもみんな……国の大事な一員だよね」

優しいが、それでいて揺るがない声だった。

「後藤くん、将来きっと国を動かすような人になるんだよね。だったら、ここで諦めたらだめだよ。馬鹿だなんだって見下したりしないで、このゲームの国民の人たちも、ちゃんと率いてあげないと……ね？」

頭の中で、香坂の言葉が何度も繰り返し響いていた。香坂の言うように、後藤の基準で「だめな人間」というのは山ほどいる。ただ、そういう「だめな人間」も国民なんだという彼女の指摘は、どこまでも正しかった。自分は、国民の大多数を切り捨てようとしていた。そんな態度で、多数派の支持を得られるはずがない。論理的な思考だけでは、多数派は取れない。香坂のような、他人の感情を重視して物事を考える人間の意見が、このゲームで重要なのは明らかだった。

「後藤くんと、お父さんが経験したことは……たぶん、政府チームが戦うためのヒントになると思う。渡部局長が言っていた大衆が動く論理を、後藤くんは、肌で感じたわけでしょう。起きたことを分析すれば、今回のゲームでも、きっと生かせるから」

織笠の透き通った声は同情も軽蔑も感じさせず、あくまで淡々としていた。後藤にとって、父親と自分たちの一家を襲ったあの出来事は、負の遺産以外の何物でもなかった。ただ、確かに捉えようによっては、あの経験も武器になる。後藤は、香坂と織笠に順に目を合わせ、大きくひとつ頷いた。腕時計を見た椎名が、声を張って全員に呼びかけた。

「ゲーム再開までもう少しだ。後藤くん、優香ちゃん、藍ちゃん。みんなで後半の作戦を練ろう。全員の意見を合わせたら、きっと逆転のアイディアも出てくると思う。勝負はこれからだよ」

「順当な結果だな」

「せやね。直前の演説がどんだけ影響出るか不安やったけど、この分だと問題なさそう」

今井は越智とともに、レジスタンスPCに表示された投票結果を見て満足していた。政府広報官の椎名が「キャンバス島から石油が出る」と明らかにしたときは形勢が傾くことを心配したが、中間投票の結果を見る限り、その心配はないようだった。

「思ったより、かなり開いたね。要因は何だろ」

モニターに表示された円グラフを指す国友に、越智がすぐに反応した。

「まぁ、現状維持の方が楽やからな。よっぽどのことがない限り、『何も変えない』って選択する人間の方が多いんよ」

「最後の演説はマイナスだったと思う。『石油が取れるから戦争が必要だ』なんて、欲望に率直すぎて醜いもの」

越智に続いて出た樫本の意見は、もっともなものだった。国友と越智も納得しているようだ。

「確かに、そうかもしれないね。『石油が取れるからこの島は大事だ』という意見は、理屈の上では間違ってはいないけど……政府広報官が匂わせていいものではないよ」

「椎名に直接言わせんで、別の手段で伝えたらまだましやったんやけどな。ネット上に匿名でリークするとかな、そんなんやったら市民もありがたがって『石油だ～』言うとったやろ」

言い方はどぎつかったが、越智の着眼点は相変わらず鋭かった。政府の思惑がはっきり透けて見えてしまったことで、市民が引いてしまったという面はありそうだ。

「欲をオブラートに包みそこなったのが、あいつらの失敗ってわけか」

「ええ。それに、この国の人たちは平和を強く愛してる。その市民感覚を覆せるほどの情報は、政府からは出なかった」

樫本の目にはSNS・パレットの向こうで手を振る「善意の市民」の姿が見えているようだったが、今井はその光景を共有できなかった。

「市民感覚、ねぇ」

思わずそうつぶやくと、樫本が鋭い視線でこちらを見据えた。

「何かおかしい？」

声には棘があった。今井は内心面倒だと感じつつも、今後のチーム方針にも関わることだと思い直して、重い口を開いた。

「いや、例の石油の話が逆効果だったたってのは俺も同感だけどな、市民感覚ほど信用できないものはねぇと思うよ」

「どうしてそう思うの」

「例えばな、口では『差別反対！　暴力反対！』なんて言いながら、『差別する人間は死刑にしろ！』って平気で言えるのが市民感覚だよ。そういう感覚から出てくる美辞麗句はな……曖昧で、矛盾しがちで、簡単に定義が変わる」

そう言いながら今井は右の掌をくるりと返し、身振りを交えて説明する。自分の話には一定の説得力があると信じていたが、樫本は今井の言葉に、はっきりと首を振った。

「あなたは、市民の平和を望む気持ちを信じてないのね」

声に若干の怒気が混じっていた。

「いや、そうじゃない。今回の投票結果が平和を望む市民のおかげなら、平和の定義が変われば、平和を望む市民の投票先もコロッと入れ替わっちまうんじゃねえかってことを俺は言ってる。政府チームは、そのうち『島の平和を守るために、戦う必要がある』とかなんとか言ってくるぞ。平和を愛する市民様は、こう言われたら戦争賛成に投票するんじゃねえか」

「そんなわけないでしょ。平和のために戦争するなんてデタラメ、誰も信じないから」

徐々にヒートアップする樫本に、国友が落ち着いたトーンで言葉を挟んだ。

「ただ、最近世界で起きた戦争は、みんな平和を大義名分にはじめてるよね。『独裁者の打倒』だとか『大量破壊兵器の除去』だとか、その都度仕立ては少し違うけど、みんな平和のために戦争が必要なんだと国民を説得して、それが受け入れられて戦争が起きている」

今井は大きく頷いて、国友の言葉に付け加えた。

「今どきな、戦争のために戦争する奴なんていねぇんだよ。戦争は平和のためにやる。平和が大好きな奴らが、世界中回って戦争してるんだ」

あまり深刻にならないよう、人差し指で小さく円を描きながら言葉を返す。だが、樫本には逆効果だった。侮辱されたと感じたのか、強い抗議が返ってくる。

「そんなの、平和を愛する人たちがやることじゃない」

「俺も全く同感だね。ただな、平和ってのはそういう危険を孕んだ言葉だ。平和って言葉を繰り返すことが、結果的に戦争を引き寄せることもある」

やはり納得がいかないのか、眉を寄せた樫本が胸の前で固く腕を組む。

「平和は、平和でしょ。どうして平和が戦争を呼び込むだなんて、そんな矛盾に満ちたことが言えるの」

疑問は真っ当なものだったが、今井がそう思うようになったのは自身の実体験からだった。どういう順番で伝えれば、彼女は納得するだろうか。しばらく逡巡して、ひとつ方法を思いついた。

「樫本は、平和をイメージしろって言われたら、何を思い浮かべる」

ふいに問いかけられた樫本は、少し答えに窮した後、低いトーンで言った。

「鳩、フラワーチルドレン……それに……手をつないだ子ども、とか」

「じゃあ、戦争のイメージは？」

今度は質問を想定していたからか、口からすらすらと単語が出てきた。

「血に銃に兵士、軍隊、難民、爆弾、戦車に、星条旗……」

流暢に答える彼女の表情はやや得意げだったが、それが今井の狙いだった。なるべく相手を刺激しないよう、淡々と尋ねる。

「そのへんでいいよ、ありがとう。じゃあ、最後の質問な。樫本は今、戦争と平和、どっちの単語の方が明確なイメージが湧いた？」

質問の意味を理解するにつれ、樫本の表情には、はっきりと狼狽の色が浮かんでいった。何も答えない彼女に代わって、越智が口を開く。

「戦争の方が、平和よりイメージしやすいんやな」

越智は意図を汲み取ってくれたようだ。今井は一呼吸置くと、チーム全員に向かって語りはじめた。

「大学2年のときに、アフリカ大陸で独立したばっかの国に行ったんだ。バックパッカーってやつだな。俺が行く2年前に、国民投票で9割が賛成して独立が決まったんだけどさ……俺が行ったときは、まだ水道も電気も整備されてなかった。治安も悪くて、あの家は一家全員が盗賊に殺されて牛が盗まれたとか、あのあたりは反政府勢力に襲われたばっかりだとか、町で会う奴らと話すとそういう話題が当たり前に出てくる状況だった」

脳裏には、当時のうだるような暑さと、赤い土埃でくすんだ景色が蘇っていた。今井が話した現地住民は、自分の家畜を守るために、子どもの頃からライフル銃を枕に抱えて眠っていた。膝には弾痕が残っていて、理由を聞くと、「子どもの頃、自分を夜盗と勘違いした父親に撃たれた傷だ」と話してくれた。

「その国の国境には、国連の平和維持軍がいた。実際見るまではさ、平和維持軍って単語自体、平和なのに軍隊ってムチャクチャじゃねぇかと思ってたんだけどな、見たら安心しちまった。この人らが守ってくれてるんだって思ってさ。ゴツい銃を持ってて、はじめはビビったけど……安心感の方が大きかった」

はるか遠くのアフリカの地から、再びこのゲームへと意識を戻す。

「平和ってのは、ものすごく抽象的な概念なんだよ。屈強な軍隊並べられて『彼らはあなたの味方です』って言われた方が、鳩の絵を1枚見せられて『祈りましょう』なんて言われるよりはずっと安心するだろ。平和のために武力が必要だって認識を国民に浸透させれば、戦争に持っていくのは……そんなに難しいことじゃない」

平和のために軍隊が必要という言葉は一見矛盾しているが「力による平和」という概念は、日本以外の国では少なからず受け入れられている。今井は、このゲームの勝利条件を考えると、政府チームが「力による平和」という概念を利用してくる可能性は高いだろうと思っていた。

「平和を強く望むことが、場合によっては武力の強化につながり、それがいずれ戦争の火種になる。あなたが言いたいのは、そういうこと?」

硬い声の樫本にそう問いかけられ、脳裏に、再び赤く染まった荒野の光景が浮かぶ。

「ああ。俺が行ったその国は、今は元気に内戦してるよ」

平和のために武力が要る。そういう状況があることは分かってる。ただ、今井が訪れた国は、政府と反政府勢力がお互いに武装した結果、部族間の小さな諍《いさか》いが、国を巻き込む内戦になってしまった。その国を訪れた半年後にはじまった内戦は、多数の死傷者を出しながら、1年以上経った今も収束する気配はない。

櫨本は、整った眉を小さく歪め、何やら考え込んでいるようだった。国友が、残りの休憩時間を示すタイマーに素早く目をやって切り出した。

「前半は政府チームが国とか領土みたいな抽象的な概念で勝負してきたから、まだこっちが優位だったんだろうね」

その点は、今井も薄々感じていたことだった。抽象的でない、分かりやすい発信をできたから、前半戦はレジスタンスが優勢だったんだろう。あのヤギの写真がその代表だ。

「ああ。ただ、相手も学習してるだろうからな。ふわふわした印象論で勝負し続けたら、こっからの勝負、必ず負けるよ。あの票差は、セーフティーリードじゃない」

39対61。票数でいえば20票以上の差があるが、12人が意見を変えれば、結果はひっくり返る。

「政府にやられる前に、こちらの方から『平和とは何か』を具体的に示す必要があるんだろうね」

結論を出す国友に越智が補足した。

「マーケティングの世界やとね、選挙は先に争点を設定できた側が勝つってのが常識になってるんよ。投票するための判断基準を、自分で国民に提供してまう。そうすると、その基準を土台にして国民が考えてくれるようになる」

たしかに選挙でも商売でも、基準を自分で作って、そのルールを「そういうものなんだ」と信じ込ませることができる人間が一番強い。今まさに自分たちが参加している「就活」も、そのルールのひとつなんだろうと、ふと今井は思った。

「争点設定が勝負だな」

ひとつ息を吐き、ディスプレイに目を向けたところでアナウンスが流れた。

「まもなく、後半戦が開始されます。各チームは再開へ向けて準備を行ってください」

無機質な女性の声が室内に響く。チームの雰囲気がぐっと引き締まった。

「後半はどうするん？　また、しょっぱなに扇動打とか？」

「いや、今はやめとこう。これから、何が起きるか分からないからな。保険のためにも、ポイントはなるべく残しときたい」

「賛成。素材の購入にもポイントは要るから、今の量から減らすのは慎重にならないと」

珍しく樫本と意見が一致したところで、レジスタンスPCから再び音声が流れた。

「これより、ゲームを再開します。最終投票まで、残り時間は1時間です」

12　波風

「ＰＡＬＥＴＴＥ」と白抜きで書かれた虹色の画面が消え、ディスプレイは再び赤・白・青の３色に戻った。同時に、白の「広場」に投稿がなだれ込む。

クリード @creed1205
あ

こらった @murasakinezumi
後半初投稿はもらった！！！

らでぃっしゅ @akadaikon
安心した
やっぱり、戦争を望まない平和主義者の方が、この国にはずっと多い
さすが和の国だ

チョップ軍隊 @choparmy
なんか「戦争すべきでない」の人、思ったより多かったね
山頭火 @san10ka
驚いた。
ここまで腰抜けが多いことに。
ハリー @harry105
俺は『ヤギ王国建国』に1票入れたかったけど、賛成か反対しか選べねぇのな

「まずは広場に投稿しとくか。現状、俺たちレジスタンスの方が『人気』だってことをはっきり示しとこう」

今井の言葉に皆が頷き、それぞれのタブレットで書き込みだす。レジスタンスPCの中身を精査していた国友が、落ち着いた声でニュースを伝えた。

「情報屋のページ、随分変わってるよ。かなり素材が増えてる」

すぐさまPCを覗き込むと、国友の言葉通り、情報屋のページ内には、前半戦には見当たらなかった情報素材が多数追加されていた。

「これ、良さそうじゃないか。駄目押しになる」

「『キャンバス島海域で漁をする漁師の声』80PPか。なるほどね」

国友も、悪くない素材だと思ってくれたようだ。

「キャンバス島の住民、結局ヤギしか紹介できてねぇだろ。俺たちはもっと、普通の人たちにスポットを当てた方がいい。当たり前に暮らす人たちにとって、戦争ってのがいかに悪いもんかを伝える。それが一番、戦争への抑止力になる」

「この漁師は、戦争に反対してるの?」

すぐに疑念を挟んできたのは、やっぱり樫本だった。今井は努めて冷静に答える。

「戦争になれば、この島周辺で仕事してる漁師は自分の海で漁もできずに、最悪そのまま仕事も失うからな。戦争に大賛成ってことはねぇだろ」

そう話しながらも、樫本の懸念も一部正しいことを感じていた。もし、戦争に賛成する漁師がいたらどうするんだ。今井の回答は、その問題の解決策にはなっていない。

「ひとまずこの素材購入して、中身見てから決めたらええんちゃうの。リードしてるんはうちらなんやから、余裕持ってやったらええねん」

「それもそうだね。案ずるより産むがやすし、だ」

「産むのが簡単だとは思わないでほしいけど」

国友の〝失言〟に、即座に釘を刺す樫本。今井は、想定外の方向からの被弾で笑顔を引き攣《つ》らせている国友に同情したが、まごついている時間はない。

「よし、この素材購入するぞ。俺らが常に拾うべきは、現場の声だ」

包み隠さず感情を吐露してしまったことは、選考にはマイナスにしかならないと後藤は覚悟していたが、彼の告白の後、チームには思わぬ変化が生じていた。メンバーは自分と距離を置いたりすることなく、むしろ率直に意見を伝えてくれるようになっていた。あれだけひどいことを言ったのに、仲間としてこちらを尊重してくれる3人と話しながら、後藤は、他人を見下し軽んじていた自分が、チームで一番幼稚な人間だったことに気づいた。今は壁を作ることをやめ、チームメンバー3人の意見を積極的に取り入れながら戦略を練り上げていた。結束の強まった官邸の雰囲気を象徴するかのように、これまで発言の少なかった香坂が、弾んだ声で周囲に話しかけている。

「じゃあ、あたしがここまで言ったら、藍ちゃんが続きね。藍ちゃんかっこいいから、女の人のファンもできるよ」

「……それは、どうかな」

織笠が気恥ずかしそうに肩を窄《すぼ》めたところで、官邸にアナウンス音が響き渡った。

「レジスタンスチームによる広報タイムです。この時間は、レジスタンスチームの情報のみがページ内に流れます。画面にご注目ください」

誰に言われることなく、PCの周囲にメンバー全員が集まる。画面には前半同様、レジスタンスチーム・樫本の姿が映し出された。

「レジスタンスの樫本です。今回の広報でみなさんにお伝えするのは、キャンバス島近辺の海域を仕事場にしている漁師の生の声です。切実な叫びを、お聞きください」

切り替わった画面の中央には、白い髭を蓄えた老人が映っていた。その背景には、大海原と延々と続く地平線が広がっている。老人が、しわがれた声で語り出した。口から出たのは、日本語ではない言語だ。語り出すと同時に、画面の下部に字幕が表示された。

『うちの家系は、この海でもう100年以上前から漁をしてきました。私も物心ついたときには家族の手伝いをはじめて、人生73年、この海とともに暮らしてきました』

白髭の老人は半身だけ振り返り、背後に広がる海を指して言う。

『戦争なんて、絶対にごめんですよ。美味い魚が山ほど獲れて、たくさんのサンゴに恵まれた、本当に美しい海なんです。軍艦なんかに荒らされて、この海がもとに戻らなかったら……困るのは、今ここにいる私たちだけじゃない。息子たちにも、ご先祖様にも、申し訳が立たない』

画面下に刻まれていく字幕。老人は一度口を噤《つぐ》み、大海原を無言で見つめた後、絞り出すように声を発した。

『戦争は、どんな理由があってもやってはいけないことです。心からそう思います』

生まれ育った島の将来を憂う老人の表情が映し続けられる中、動画は徐々に暗転していった。再び切り替わった画面では、「アジト」の壁を背に、樫本が深刻な表情を浮かべている。

「みなさん、お聞きいただきましたか。戦争はどんな理由があってもやってはいけない。そんなことをしては、先祖と子どもたちに申し訳が立たない。これが、キャンバス島とともに生きてきた漁師の声です」

沈痛な表情を浮かべる樫本が、若干の間を取った後、言葉を繋いだ。

「キャンバス島の美しい海を、戦争で汚してはいけません。どうか選択を、誤らないでください」

「これで、レジスタンスチームの広報タイムを終わります」

無機質な声とともに、画面がパレットのホーム画面に戻った。再び動き出した広場に目を向けたまま、椎名が短く声を発する。

「予想通りだったね」

政府チームの面々は揃って頷く。やはりレジスタンスは、「ヤギ攻撃」で味を占め、住民の声を全面に出す戦略を取ってきた。その土俵で戦う準備はすでにできている。香坂が、映像機器の前に立つ織笠を目で確認し、山野の方へ振り返る。

「山野さん。30秒後に、扇動アクションお願いしていいですか?」

申し出に山野が一瞬意外そうな表情を見せたが、すぐに笑顔に戻る。

「30秒後、ですね。先約がないため扇動は許可されます。継続時間は？」

「2分15秒」

書き上げた原稿を椎名に渡しながら、後藤は明確に言い切った。ここまでは、中間投票後の打ち合わせ通りに物事が運んでいる。この扇動から、反転攻勢をかける。政府チームの足並みはしっかりと揃いはじめていた。

「かしこまりました。消費ポイントは135ポイント。30秒後、政府チームの扇動が開始されます」

aLisa@oneLove
戦争になったら、あのおじいちゃんきっと二度と漁できないよね……

おいなりさん @nulpo
レジスタンスの樫本って学級委員やってそうだよな

ぞぬ @zombiedog
@nulpo

ぐうわかる
樫本に乱れた服装を罵られたい

聲@koe
非の打ち所がない正論って、嘘くさいんだよねぇ
「戦争はしちゃいけない」なんてことは、幼稚園児でも分かる
それでもこの世界は、何度も何度も戦争を繰り返してきた
それって、なんでだろうね？

広場に流れる投稿を眺めながら、今井は低く唸った。今回の扇動は失敗だったかもしれない。
確かに、あの漁師が言っていたことは全くの正論だ。ただ、正論で説教されるのを好む奴はいない。ネットでも現実でも、正論で負かされた相手から返ってくるのは「私が間違っていました」という謝罪の言葉ではなく、「ぶっ殺す」に近い罵倒の言葉だ。経験上、今井はそれを理解していた。いい子ちゃんぶるのは、人を説得するにはあまり良いやり方じゃない。そんなことを考えているうちに、広場の流れを断ち切ってレジスタンスＰＣの画面が虹色に切り替わる。「ＰＡＬＥＴＴＥ」の白抜き文字とともに、おなじみのナレーショ

ンが響き渡った。

「政府チームによる広報タイムです。この時間は、政府チームの情報のみがページ内に流れます。画面にご注目ください」

ナレーションが終わると同時に、虹色の画面は黒一色に染まった。これまで必ず冒頭に登場していた椎名の姿が見えない。数秒が経過すると、画面の中央に白い文字が浮かび上がった。

『ある漁師の記録』

両端が暗くなったまま、ディスプレイに映像が流れはじめる。細長い画角。スマートフォンで撮影された映像らしい。画面は度々揺れており、低いモーター音から、撮影者が船上にいることが分かる。モーター音に交じって、船内の前方で男の叫ぶ声が聞こえた。同時に、画面下に字幕が流れはじめる。

『おい、いたぞ！　右舷34度！』

その声に呼応するように画面が激しく揺れ、撮影方向が変わる。次の瞬間、動画には水面に浮かぶ10隻以上の小型船の姿が写り込んだ。カメラに捉えられているのは群れの一部のようだ。画面がぶれるたびに、周辺にさらに数十隻の船が浮かんでいることが垣間見える。

『イーゼル野郎の船だ。あいつら、またサンゴを獲りにきたんだ』

撮影位置のすぐそばから声が聞こえる。撮影者自身が話しているようだ。

『おい、どうする？』

再び、前方から男の声。船の構造を考えると、話しているのは操縦者だろう。

『戻るしかない。俺たちが1隻だけであそこに行ったら、何をされるか分からない』

『いや、でも……』

異議を唱えようとする操縦者の声を遮って、撮影者の怒号が響く。

『それしかないだろ！　相手は50隻以上いるんだぞ？　今は引き返すしかない』

『……ふざけやがって』

操縦者の悪態とともに、画面が再び暗転する。動画が終了するのと同時に、響き続けていたモーター音が途切れ、唐突に静寂が訪れた。画面には、紺色のカーテンと演説台、そしてブルーのネクタイを締めた椎名瑞樹の姿がある。

「お聞きいただけましたか。これもまた、『キャンバス島海域で漁をする漁師の声』です」

椎名が、樫本の言葉を引用して演説をはじめた。

「彼らは、自分の仕事場であるキャンバス島周辺で、漁を行うのが困難になっている。それは何故か。イーゼル国の密漁船が、大群をなしてキャンバス島を徘徊しているからです」

「密漁船」という語を強調して語った椎名が、一拍おいてカメラを見据える。

「イーゼル国の密漁船は、キャンバス島周辺の海域で、我が物顔で漁を行っています。それは何故か。イーゼル国が『パレット国はどうせ攻撃してこない』と高を括っているからです」

演説は畳みかけるように続く。じっと聞いていた今井は、椎名が同じフレーズを演説で繰り返していることに気づいた。自分たちが、はじめの扇動のときに使った手法だ。

「この動画を撮影した漁師たちは、この日、1匹も魚を獲ることができませんでした。それは何故か。我がパレット国が、自国民を守る気のない、腑抜けの国だと思われているからです。戦う意志を見せなかったからこそ、彼らは漁ができなかったのです」

そこで椎名が演説台に両手をつき、やや前のめりになった。

「パレット国のみなさん、これが現実です。戦わなければ、守れない生活があります。『戦争反対』が、全ての漁師の声ではない。このことをどうか、忘れないでください」

「これで、政府チームの広報タイムを終わります」

お決まりの終了アナウンスとともに、画面が切り替わった。今井は、戦いの潮目が変わりかけていることを感じていた。

13 異変

山頭火 @san10ka
国の防衛の重要性を、改めて感じる動画だった。
レジスタンスが紹介した白髭の漁師は、本当に現役の漁師なのか、疑問だな。
イーゼル国の、工作員じゃないのか？

セカイ @another1
@san10ka
自分の意志に沿わない人間はみんな「工作員」ですか
幸せな脳みそですね

なつこ @Summer03
漁師がみんな戦争反対ってわけじゃなくて、戦争賛成の漁師さんもいるってことだよね

チョップ軍隊 @choparmy

みんな勘違いしてるけど、今の動画に登場した漁師は
戦争に賛成とも反対とも言ってないからね
イーゼル国の密漁船に困ってたのは確かだけど、
「だから戦争しよう」とは言ってない

ニコル @niko
@choparmy
住民の声を利用して、政府チームの椎名が「戦争が必要」という方向に
世論を持っていこうとしてるわけだ
斑駒 @thinktank
あの老人が工作員だとは思わないが、
レジスタンスの「漁師」選定は恣意的だと思わざるを得ないな
戦争に反対している漁師を見つけてきて、
「キャンバス島の漁師代表」に無理やり仕立て上げたわけだろ
果たして漁師全体の中で戦争に反対している人間はどの程度いるのか、
実際のデータがほしいところだ

「現場の声にケチがついてもうたな」

勢いの衰えない広場の投稿から一旦目を離し、越智がアジトの面々に向けて言う。

「戦争に反対の漁師もいれば、賛成の漁師もいる。考えてみれば当たり前のことだけど、情報の出た順番が悪いね」

確かに国友の言う通りだ。逆の順番なら、また違ったはずだった。

「俺たちが先にした演説が、『漁師はみんな戦争に反対してる』って聞こえるような言い方だったからな。結果的に騙しちまったようで、印象は良くない」

「私の言い方が悪かったってこと?」

即座に樫本が噛みついてきた。今井は、チームに亀裂を入れないよう、言葉を選んで説明する。

「いや、あの時点じゃ、実際に白髭のじいさん以外にキャンバス島周辺で活動する漁師の声はなかったんだ。別に樫本は悪くない。ただ、最後の『選択を誤らないでください』って言い方はやめた方が良いな。あなたたちは間違っていて、私は正しい。あの言い方はそんなふうに聞こえる」

「戦争という選択は、間違いでしょ」

間髪容れずそう答えられて、今井は少し苛立ちを感じた。

「だとしても、伝え方があるだろって話だよ。『賢い私が、馬鹿なあなたたちに正しいことを教えてあげる』なんて態度は、一番嫌われる。言ってることが正しかったとしてもな」

「嫌われる勇気も、ときには必要でしょ。たとえ批判されても、正しいことは正しいと言い続け、国民を啓蒙していく。それがレジスタンスのあるべき姿よ」

やはり樫本は、一向に自分の考えを変える気がないようだ。

「嫌われる勇気をお持ちなのは立派だが、他所で発揮しろってのが正直なところだな。このゲームは多数決で勝負が決まるんだ。嫌われ者は勝てねぇんだよ」

樫本の頬がわずかに上気したところで、助けが入った。

「その辺にしぃや。次の宣伝に頭切り替えんと」

静寂に包まれたアジト内に、国友がキーボードに触れる音が響く。上下に画像を追っていた国友が、何かを見つけたようだ。

「……300PPの素材がある」

レジスタンスチームの情報屋に追加された新しい素材。消費PPの欄には、確かに「300PP」の文字がある。「キャンバス島事件の真実」と題されたその素材のサムネイルには、海岸線と砂浜、そして人一人がすっぽりと隠れてしまうような大きさの、黒々とした岩が映っているのが分かった。

「今、ウチらに残ってるポイントっていくらやった？」

「この素材ひとつで、300なんやな?」

「そうみたいだね」

残りポイントを考えると、かなり高額だ。国友と越智のやりとりを聞きながら、今井も目の前の素材を半信半疑の気持ちで見つめていた。

「扇動タイム換算で、5分」

「大抵の曲ならフルコーラス聞けんな」

国友の計算に冗談めかして応じつつ、あらゆる可能性について思考を巡らせる。総ポイントの3分の1に近い価格の素材が、後半になってから現れた。選考する側は、何を意図しているんだろう。

「これまでの素材は、高くても1個80PP。せやけどこの素材は、1個で300PP」

「この素材、何が入ってるの」

誰もが頭の隅に浮かべながら、声に出さなかった疑問を樫本が口にした。

「キャンバス島事件の真実が入ってるらしい」

「キャンバス島事件って、何?」

アジトが一時静まり返る。

「あの島で、事件が起きるの?」

「560PPだね」

立て続けに尋ねる樫本。沈黙の後、国友がゆっくり口を開いた。

「あるいはもう、起きている」

小さく頷く越智の姿が目に入った。2人は何かに気づいているようだ。今井は国友の表情をまっすぐ見つめ、続きを促した。

「事件はすでに起きていて、僕たちがその情報を知らないのかもしれない。だとしたら、早く情報を収集しないと」

これまでになく切迫した声だった。確かに、自分たちだけが知らない事実があるとしたら、情報戦では致命的に不利になる。今にも行動を起こした方がいい。珍しく焦っている国友の様子が、緊迫感に拍車をかけていた。

「この素材を買うってこと？　300PPよ」

雰囲気に呑まれず、あくまで慎重な姿勢を崩さなかったのは樫本だ。この場面でもしっかり異を唱えられるのは、彼女らしい。肯定も否定もせず、越智が推測を述べる。

「これは想像やけど、後半になってうちらにこんな素材が出てきたゆうことは、政府の方にも、似たような素材が出てきとるはずなんよ」

「似たような素材って、つまり……」

樫本の言葉を、国友が繋いだ。

「政府にも、300PP級の素材が出てきてる」

「そ。ほんまにそうなら、向こうはどないする？　いくら無駄遣いしとっても、政府は元のPPが２０００もある。３００PPかかる素材でも、まず間違いなく買うてくるで」

「でも……政府の３００PP素材には、何が入ってるの？」

「事件だろ。『キャンバス島事件』の映像が入ってる」

この流れを考えれば、それしかない。樫本の疑問に答える口調が、知らず早口になった。今井に限らず、メンバー全員が少し早口になっていた。

「だから、その事件って何？」

「分からない。ただ、下手すれば今の状況が丸ごとひっくり返るような、そういう事件だ。３００PPってのは、そのくらいの重みがある」

「政府チームによる広報タイムです」

会話に割り込むように聞こえてきた「パレット」の機械音声に、全員が弾かれたように振り返った。

「来たのか」

「事件や」

チームメンバー全員が注視する中、機械音声は普段と変わらぬアナウンスを読み上げた。

「この時間は、政府チームの情報のみがページ内に流れます。画面にご注目ください」

政府の広報映像に映ったのは、広報官・椎名瑞樹ではなかった。栗毛の女性と、長い黒髪の女性。２人とも群青色で詰襟の、制服らしき衣装を着ていた。香坂優花と名乗った栗毛の女性が、明るくハリのある声で切り出した。

「パレット国民のみなさん、こんばんは！　キャンバス島広報大使の、香坂優花と――」

「同じくキャンバス島広報大使の、織笠藍です」

香坂に続いたのは、凛とした声が印象的な織笠と名乗る黒髪の女性だ。

２人は目を合わせると、小さく「せーのっ」と掛け声をかける。

「ふたり合わせて、『Ｙｏｕ＆Ｉ』ですっ」

その言葉はご丁寧にも振りつけつきで、２人は「Ｙｏｕ」の部分で手をカメラの方へ広げ、「Ｉ」の部分で自分の胸に掌をあてた。今井は、制服姿は反則だろと思いつつ、自然と目が２人に向いてしまうことを感じていた。隣にいる樫本は口をわずかに開いたまま、絶句している。

「今日は私たちから、みなさんに伝えたいことがあります」

香坂がそう言って、背中から１枚の紙を取り出した。紙の中央には、不思議な生き物の絵が描かれている。お世辞にもうまいとは言えないが、愛らしい雰囲気のイラストだ。紙を掲げる香坂の隣に立つ織笠が、大人びた声で語り出した。

「レジスタンスのみなさんは、私たちの大切なキャンバス島をヤギの島と言いました。『ほとんどヤギしかいないから、守る必要がない』。レジスタンスの方々が言ったのは、こういうことです」

そこで言葉を切った織笠が、黒目がちな瞳をカメラに向ける。その吸い込まれそうな瞳が自分に向けられている気がして、今井は落ち着かない気持ちになった。織笠が説明してくれたおかげで、紙に描かれた謎の生物が、どうやらヤギであることが分かった。

「でも、これっておかしいと思いませんか？」

香坂が、小首をかしげて問いかけた。普通ならあざとさを感じるだろう仕草だが、彼女の場合はその口調と合わせて嘘のない雰囲気を感じる。

「ヤギばっかりだから守らなくてもいい。これって、本当に平和な考え方でしょうか？パレット国民がほとんど住んでいないから守らなくていい。自分と関係ない人しか住んでないから守らなくていい。これって、とても自分勝手な考え方だと思いませんか？」

一言一言を区切りながら丁寧に問いかける彼女の口調は柔らかく、聞いていて敵ながら好感が持てた。香坂の問いかけを引き取って、今度は織笠が語り出す。

「ヤギは守る必要がない。ペットは守る必要がない。自分以外は、守る必要がない。レジスタンスの人々は、そうやってたくさんの領土と命を見捨てていきます」

織笠が再びカメラにまっすぐ目を向けた。

「私たちは、誰も見捨てません」

その言葉に強く頷いた香坂も、カメラをぐっと見つめる。

「島の平和を守るために、みなさんの力が必要です。お願いです。私たちのキャンバス島を、見捨てないでください」

「これで、政府チームの広報タイムを終わります」

機械音声が鳴り響き、再び画面が切り替わる。広場の投稿が流れるスピードは、これまでの最高速度を更新していた。

よっち @yocchicchi
『Ｙｏｕ＆Ｉ』衝撃デビュー

マッチ坊 @matchde_su
ふたりともかわいかったなー

あいだゆうじ @yuji0329
俺は断然ゆうちゃん派かな^^

クリオネさん @kuriOne
椎名くんは？

こんなオタクに媚びたクソ女どうでもいいから椎名くん出してよ

山頭火 @san10ka
左の女性、いかにも大和撫子という雰囲気！
国防に関する考えもしっかりしている！　素晴らしい！

かりん @carin412
ちょっと露骨に男受け狙いすぎじゃない？

モルトケ @moltke
誰も指摘してないけど、これ「個別的自衛権」と「集団的自衛権」の話だよね
自分が無事でも相手のために戦うべきかって話

落日 @sanset
拡大解釈しすぎでしょ……
ヤギはヤギだよ
他の人間を守る話と混同すべきではない

「聞いてねぇぞ、こんなの」

政府の扇動アクションが終わると同時に、今井は誰に言うでもなくそうつぶやいた。

「ソフト路線はねぇんじゃなかったか？　今の扇動一発で、相当政府の印象が変わった」

前半までの政府の扇動アクションは、広報官の椎名のイメージを含め、シリアスで硬派なブランディングで統一されていた。だが、さっきの「扇動」は、画面に出てきた人物も含めてこれまでとは全てが違う。隣でレジスタンスPCを見ていた国友も、理解しがたいという表情を浮かべていた。

「前半だけを見る限り、こんなことできる人たちじゃなかったはずなんだ。たぶん、後半開始までにチームに何かあった。じゃなかったら、あんな広報にはならない」

国友の見方には、今井も賛成だった。政府チームの中で、何か大きな変化が起きている。問題は、その変化の正体が何かだった。場合によっては、自分たちの広報戦略全体を見直す必要があるかもしれない。今井が思考を巡らせていると、「Ｙｏｕ＆Ｉ」が登場してから硬直していた樫本が動きを取り戻した。

「不愉快。性を売り物にしてる。ポリティカル・コレクトネスに反してる」

これまでより数段低い声で、絞り出すような言葉だった。ポリティカル・コレクトネス——端的に言えば「政治的に正しい振る舞い」を指す単語だ。アメリカ発祥の考えだが、今井自身は、その「正しさ」にはあまり納得がいっていなかった。若干の間があった後、広場の投稿を追っていた越智がタブレット画面から顔を上げた。

「今の広報、男には効果てきめんだったみたいやで。女の人らには、樫本さんと似たようなこと思てる人もおるみたいやけど」

頷きつつ、今井は正直な感想を伝える。

「まぁ、男は馬鹿だからな……他のどの感情より『可愛い』が先立つんだよ。軍服のアイドルなんて、モロにウケるだろうな。2人ともタイプが違う美人なのが厄介だ」

「可愛いは正義、とか言ってる人もいるもんね」

理解を示してくれた国友の方を笑顔で振り返ると、その肩越しに般若のような形相が見えた。

「厄介だとか言いながら、ヘラヘラしてんじゃないわよ」

怒気を孕んだ声が飛んできた。樫本をこれ以上刺激しないよう、即座に真面目な表情を取り繕う。樫本の隣では、めずらしく越智が焦った様子でタブレットを指で叩いていた。

「でも、どないしよか。あの似非アイドルが出てきたおかげで、男性票は相当政府側に動くかもしれへんよ」

「解決策なら、ないことはないけどな……」

そう言いながら、おそるおそる樫本の顔色を窺った。策はある。が、実行は限りなく不可能に近い。

「何？ その策って」

樫本の表情は真剣そのもので、だからこそ提案しづらい。だが、万に一つの可能性もあるかもしれない。今井は思い切って告げた。

「一番シンプルな解決策は、樫本もコスプレする」

靴の裏についたガムを見るような目が、今井の方に向けられる。

「却下」

今井を待っていたのは、罵倒ではなく軽蔑だった。いっそ罵られた方がましだなと思うが、仕方がない。自分はチームのためを思って提案したのだ。どう宥《なだ》めたものか思案していると、越智が助け船を出してくれた。

「男性票のことを考えたら、樫本さんの露出を増やすんは有効な手段やと思うよ。ただ、先にやられとるからな。下手に追従せんで、相手と差別化を図って女性票を取りに行った方が賢いような気はする」

「さっき樫本さんは『性を売り物にしてる』って言ったよね。レジスタンスアカウントで、そのことを丁寧に訴えれば、共感してくれる女性はいるんじゃないかな」

国友の意見に、樫本が力強く頷く。確かに道理は通っているが、今井にはそんな簡単にいくようには思えなかった。チームの方針が自分にとって芳しくない方向に向かっている。

流れを変える必要があった。

「どうだろうな。女性で同性のアイドルを応援してる人ってけっこういるだろ？　『可愛い女の子も戦争に反対してます』って打ち出し方の方が『性を売り物にするな』って主張より、支持者のパイが大きいと思うんだが」

「また下ネタ？」

「いや、違……」

　確かに意図して「パイ」の部分を強調したが、まさか樫本がこの方向で食いついてくるとは思わなかった。特定の単語への感度の鋭さに感心すら覚えつつ、今井は抗議の意思を伝えようとしたが、樫本は全くそれには取り合わず、他の2人に向き直った。

「政府チームは女性に無理やり軍服を着せ、性を売り物にしてる。レジスタンスアカウントでここを厳しく糾弾しようと思うんだけど、いい？」

「女性にウケるし、政治的にも正しい主張やな」

　2人とも賛成なようだった。今井は、自分の発言力が急激に下がっていることを感じつつ、ここは譲ってはいけないところだと肚を決めた。

「俺が心配してんのは、まさにそこなんだよ。確かに『政治的に正しい発言』ってやつは、表面上はウケがいい。学者も市民団体も褒めてくれるだろう。ただ……」

「ただ、何？」

棘のある口調で、樫本が聞き返してくる。

「……政治的に正しくても、多数決には勝てんのか？」

国友がぴくりと顔を上げた。分かってくれる人間がいるはずだと信じて、今井は続けた。

「このゲームの勝利条件は、多数派になることだ。政治的に正しかろうが、俺たちが多数派が取れなかったら戦争になる。俺たちの方針は、『ちゃんと正しいことをしましょう』でいいのか？　さっきの広報見たろ。ここからの政府の扇動は、なりふり構っちゃくれねぇぞ」

強い危機感を込めてチーム全員に呼びかけた。前半の政府チーム相手なら、「正しい主張」だけで勝つ方法もあったかもしれない。ただ、「Ｙｏｕ＆Ｉ」が出てきた今は、認識を変える必要があった。だが、樫本は折れなかった。

「政治的に正しい主張を、多数派に広めていく。それがベストの選択でしょう？　正しいんだから、反論は難しい。相手の挑発に乗らず、私たちは誠実な広報をする。正しい人たちが、最後には勝つのよ」

ゆっくりとそう語る彼女の瞳が、どんな言葉にも屈しないと物語っていた。今井は視線を逸らさずに、厳しい声で応じた。

「その『正しい人たち』は、今あの広場にどんだけいるんだよ。美人を看板にして、色目使って自分の主張を通すなんてやり方は、政治的にはちっとも正しくない。ただな、大抵の人間の頭ん中ってのは、正しくないんだ。俺たちはそういう人間からも支持を得て、多数派を取りにいかなきゃいけない。そうだろ？」

脳内でも常に「正しいこと」しか考えていない奴がいるとしたら、そいつは機械か超人だと思う。そいつらが喜ぶ広報をしたところで、多数派は取れない。

「正しいことを説くってのは、広報官のやることじゃない。宗教家のやることなんだよ。自分が正しいと思う奴も、正しくないと思う奴も、支持したくなる広報をする。それがレジスタンス広報官のやらなきゃいけないことだろ。『私は正しかったけど、みんな馬鹿だから戦争になっちゃいました』とでも思えれば、お前は満足か」

静かに目を閉じて何か考える素振りを見せた後、再び樫本が鋭い視線を今井に向けた。

「まず、女性に『お前』なんて言わないで」

「そういう話じゃねえんだよ」

状況がこれから一変しかねない。言葉狩りなんかやってる場合かよ。そう口に出す前に、樫本が明朗に語りはじめた。

「私はみんな分かってくれると思ってる。良心に訴えかければ、必ず理解は広がる。いい？間違った手段で正義を為すより、正しい手段で正義を実現する。それがレジスタンスのあるべき姿よ」

「あのな、さっきからお前が言ってることは、理想論だ」

「だから『お前』なんて呼ばないでって言ったでしょ！」

思わずヒートアップして口から出た言葉に、樫本が激昂した。悪気があったわけではないが、まずかった。一瞬、静まり返る室内。少し間を置いて助け船を出してくれたのは、やはり越智だった。

「喧嘩してる場合とちゃうで。もう後半開始から20分以上経ってる。間違ったこと言ってるわけやないんやから、まずは樫本さんの言う通りにやったらええんやないの？　ポイント使うわけちゃうんやし」

様子を見守っていた国友も同意する。

「政府チームがあれだけ強力な広報をしてきた後に、レジスタンスが沈黙したままなのはまずいよ。今はまず動いた方がいい」

「いや、違う。この対応で、後半の俺たちの方針が決まる。とりあえずやっちまえじゃ済まないんだ」

これ以上もめるのは危険だと感じつつも、今井は譲らなかった。ここで立てる戦略が、ゲーム全体の勝敗に関わる。その確信が今井にはあった。

「じゃあ、どないすんねん」

越智の声が棘のある雰囲気に変わった。

「分かっとると思うけどな、この状態から樫本さんの意に沿わんことをさせるんは無理やで。あたしがコスプレしてもええけどな、１００人中２人くらいにしかヒットせんからな。

どんだけニッチな市場狙うねんって話や。男と女のどっちにも受けるようなネタ、今すぐ今井くんは思いつくんか。思いつかんなら、今あるアイディア使うしかないやろ」

早口で一気にまくし立てられて、今井は閉口する。確かに、どれだけ優れた作戦があっても、実行部隊がいないんじゃ意味はない。気まずい沈黙が流れた後、国友がレジスタンSPCを指した。

「樫本さん、レジスタンスアカウントで投稿しよう。今はこれが、最善策だよ」

樫本の言い分も、越智の言い分も、理屈の上では全く正しかった。ただ、理屈の通らない正しくないことを考え、時にはやってしまうのが人間なんじゃないのかという思いが、今井の中には強くあった。そういう人たちを「正しくない人間」として排除してしまって、本当にこのゲームに勝てるのか。疑念は消えなかったが、このゲームが選考という場であることを思い出した。これ以上「正しくない発言」をすることは、自分の身を大きく危うくしかねない。皆が見つめるなか、今井は観念して一度だけ重く頷いた。

Resistance
パレット国民のみなさん。『You&I』の言うことに、耳を貸さないでください。
政府チームは、女性の「性」を売り物にする人々です。
チームに所属している女性に、本人の意に沿わない形で軍服のような衣装を着せ、国民を戦争へと導く発言をさせる。

こんなおぞましいことを、許してはいけません。

先ほどの政府チームの広報の背景には、強い女性蔑視の価値観があります。


「『本人の意に沿わない』って……この服着るの、あたしが提案したのに」

レジスタンスの投稿を読んだ香坂が、困ったような口調で不満をあらわにした。

「女性蔑視とまで言ってる。性を売り物にしてるって」

「ひどいよね。藍ちゃんの考えたポーズ、可愛かったのに……あたしは一緒にできて楽しかったよ?」

大げさに口を尖らせる香坂を見ながら、織笠が恥ずかしそうに微笑む。後藤は、そんな2人のやりとりを見て、ソフト路線に舵を切ったことに手ごたえを感じていた。レジスタンスチームは、こちらの広報に怒りを覚えているようだが、それとは対照的に政府チームは落ち着いた雰囲気を取り戻していた。

「それなら、今の話をそのまま政府チームのアカウントで投稿したらいいんじゃないか。勝手な推測で誹謗中傷を行ったレジスタンスチームの嘘を、『You&I』本人が暴く。レジスタンスには手痛い反撃になる」

「当事者」というカードは、情報戦では常に威力を発揮する。広場でも人気が高い「Yo

u&I」が前線に出ることが、今の政府チームにとっては最適な戦略だろう。香坂が、嬉しそうにぱっと目を輝かせた。

「後藤くんも『You&I』って言ってくれた！」

香坂の反応は想定外だったが、後藤は、この観点の違いが重要なんだと考えるようになっていた。

「そういう名前なんだから、そう呼ぶだろう」

気恥ずかしさを感じつつ香坂に応答すると、椎名が笑顔で後藤の肩を叩いた。

「後藤くんのお許しも出たし、今の作戦で行こう。藍ちゃんと優花ちゃん、政府アカウントで投稿してもらっていい？　いつもSNSで書き込んでいる感じの雰囲気で投稿しよう。その方がリアルだから」

2人が並んで政府PCの前へと向かった。

「しかし、藍ちゃんが声優目指して別の学校に入ってたなんて、相手は全く知らないだろうからね。意に反してアイドルをやらされた、なんて思っても無理はないか」

女性2人組ユニットによるキャンバス島広報大使というのは、香坂の言う「みんなが分かるような広報」の具体案だったが、それを提案したのは意外にも織笠だった。ポーズもユニット名も、考案したのは織笠だ。彼女は大学に入学する前の2年間、芸能系の専門学校に通っていた。その知識をフルに生かした提案だった。香坂は聞いた直後こそ驚いていたが、すぐにそのアイディアを受け入れて、生き生きとその役割をこなした。

「片鱗はあったがな。現代視覚文化研究会なんて、よっぽど漫画やアニメに詳しい人間以外入らない」

後藤は、織笠が自己紹介時に何気なく発したサークル名を思い出していた。あのときは、意外に「こちら側」の人間なのかくらいに思っていたが、まさかこんな形でゲームの戦略に絡んでくるとは思わなかった。

「そうなの？　映像機器も詳しいみたいだったし、現代視覚っていうから、てっきり映画か何かの愛好家なんだと思ってたけど、アニメ系のサークルなんだ。後藤くんも、そんなことよく知ってたね」

「たまたま知識として把握していただけだ」

ほとんど表情を動かさず、少々早口で答える。地元の旧帝国大学でなく、東皇大学を目指した理由のひとつは「放映アニメが充実しているテレビ東皇が観られるから」だったが、それを他人に話したことはなかった。オタク気質なのは自覚していたが、それをこの場で知られるのは絶対に避けたかった。椎名が小さく笑みを浮かべた後、表情を引き締めた。

「チームアカウントの投稿を見る限り、彼らはかなり混乱してるよね。このタイミングで畳みかけた方がいいと思うんだけど、どうかな」

「同感だ。レジスタンスも、市民も浮足立ってる。今、あの写真を使おう」

「……そうだね。名案だ」

椎名が後藤の肩を叩き、政府PC前に並んで立つ女性2人の元へ向かう。政府PCのディスプレイには、香坂の書いた少しファンシーな雰囲気の文章が表示されていた。

「2人ともおつかれさま。次の広報は、また僕がやるね。少し、怖い話をするから」

Government

敵のひとたちが『本人の意に沿わない』とか書いてますけど、あの服を着ようって最初に言ったの、あたしです！！　振り付けを考えたのは、あいちゃんです！

あいちゃんはまだ本気だしてないですけど、もともと声優志望で歌って踊れます

。+ﾟ(o'∀'o)ﾉ。。+。・゜・゜

さっきの広報は、私たちが考えて、私たちが好きにやったことです！

勝手に私たちを『かわいそうな人』にしないでください(｀-ε-´)

みんなの力になりたくて自分でやったことを、他の人に『やらされた』とか言われるの、すっごいムカつきます(｀ε´)

You&I　ゆう

青色のアカウントスペースには、とても政府チームのものとは思えない、「ゆるい」文

面が投稿されていた。その投稿をきっかけに、にわかに広場が活気づく。

あいだゆうじ @yuji0329
ゆうちゃんの使う顔文字かわいいなー、、

こらった @murasakinezumi
この子が自分で勝手にやったなら別によくね？　レジスタンスは何にキレてんの？

ニコル @niko
「言わされてる」感ありありだな
だいたいのアイドルはおっさんがプロデュースしてるからな
『Ｙｏｕ＆Ｉ』のバックにも腹黒い男がいるよ

京 @whoinside
ゆうさんの気持ちなんか分かるかも…
自分の好みでやってること「どうせ男の影響だろ」とか言われるとマジで腹立つ

マッチ坊 @matchde_su
俺はゆうちゃんの味方だな♪

Fleming@courier
百歩譲って軍服の発案をしたのがこの子でも、原稿は引き続き別の男が書いてるだろ
ヤギのネタから集団的自衛権の話絡めるなんて、この子には思いつかない

かりん @carin412
媚びてんなーって感じ
こういう女嫌い

詩音 @poetnote
ゆうちゃんが自分の意志でやったのに、「どうせ男に操られてる」とか考えてる人たちの方が、女の人を馬鹿にしてると思うけど

ありえ @arie_n
てか、赤の人たちの言ってるコト意味わかんないんだけど

かわいい子がアイドルみたいなことやるのがダメなの？

イブ @eva1991
彼女が自分で考えたかどうかは問題じゃない
性を強調して支持を得ようって発想自体が、男性社会に毒されてる

「さっきの投稿、あまり評判がいいとはいえねぇな。俺たちが擁護のコメントを書き込んで、やっと五分ってとこだ」

広場の投稿に目をやりながら、今井は自分の直感の方が正しかったことを感じていた。政府チームの投稿がどこまで事実かは分からなかったが、本人から「あの広報は望んでやった」というコメントが出てくると、「強要されたこと」を問題にした批判は苦しくなる。

樫本は憮然とした表情をしている。

「書き込んでる人の意見が全てじゃないでしょ。画面の向こうで黙って支持してる人たちもいるから」

いわゆる「サイレントマジョリティー」がレジスタンスを支持していると言いたいらしいが、今井の認識は違っていた。

「どうだかな。俺は黙ってゆうちゃん可愛いなと思ってるおっさんの方が、圧倒的に多い

と思うよ」

現に、広場にはそういう趣旨の書き込みをしている奴がすでにいる。1人実際に発言した人間がいるなら、その5倍くらいは黙ったまま同じことを思っている人間がいると考えた方がいいだろう。樫本の目つきがぐっと鋭くなり、再び険悪な雰囲気になりかけたところで、国友が割り込んできた。

「後半がはじまってから、政府チームに押されてるってことは認めた方がいいと思うよ。そろそろこっちから攻めないと」

国友の建設的な提案には、ありがたいことに樫本も同意見のようだった。

「問題は、どう攻めるかだ」

自分の望む「コスプレ戦略」を蒸し返せば、今度こそチームで発言権がなくなることを薄々感じていたので、他のメンバーからの提案を待つことにした。

「そういえば、例の300PPの素材は？」

樫本の問いかけに、全員から「あぁ」と声が上がった。

「『You&I』のせいで、その話題は吹っ飛んだまんまだったな」

そう言って頭をかいた途端、チーム全員の目が今井に注がれた。一瞬どぎまぎしたものの、その視線が微妙に自分からずれていることに気づき、背後を振り返る。眼前には、再び虹色に切り替わったレジスタンスPCのディスプレイが飛び込んできた。

「政府チームによる広報タイムです。この時間は、政府チームの情報のみがページ内に流れます。画面にご注目ください」

こちらが攻め方を悩んでいる間に、政府チームは連続で扇動アクションを仕掛けてきたようだ。そつのない攻撃。前半で稼いだ自分たちのアドバンテージが、確実に失われつつあることを感じさせるものだった。画面には、再び椎名瑞樹の姿があった。

「パレット国民のみなさま、こんばんは。政府チーム広報官の椎名瑞樹です。キャンバス島の置かれている状況が、危機的に変化しています。まずはこちらの画像をご覧ください」

椎名は右手の指を揃えて伸ばし、丁寧にカメラの方を示した。同時に、画面全体が切り替わる。映し出されたのは、曇り空の下に広がる砂浜だった。海岸線が、写真奥へと続いている。波際には周辺から流れ着いたペットボトルや流木が点在しており、奥には『WRECKER（解体業者）』と書かれたさびれた小さな船が停泊していた。写真にはどこか陰気な雰囲気が漂っていたが、一見して何が「重要なお知らせ」かは分からない。数秒の間をあけて、椎名が語り出した。

「これは、キャンバス島の海岸です。注目していただきたいのは、写真奥の海岸に停泊しているこの船です。これから、拡大写真を表示します。操縦室に何があるかを、よくご覧ください」

言葉と同時に、写真の右端だけが切り出された、拡大画像が表示される。10人程度が乗り込める規模のモーター船。紺色の船体に、白で「WRECKER」の文字が刻まれている。画像が拡大されたことで、操縦室の中にあるものもおぼろげに見えるようになっていた。操縦席にあるのは、小さな旗だ。茶と黄に塗られた長方形に、白の三角形を重ねたデザイン。今井がその意味を悟ると同時に、椎名は重々しい声で言った。

「イーゼル国の国旗です」

パレット国とキャンバス島の所有権を争っているまさにその国の旗が、係争地にある。事態は、一線を越えようとしていた。

「周辺を徘徊していた軍艦も、漁船も、彼らにとっては囮《おとり》だったのです。イーゼル国軍は、建物の解体業者と偽って、すでにこの島に上陸しています！」

演説台の端を両手で掴んだ椎名が、厳しい表情でカメラを睨んだ。

「もう一刻の猶予もありません。上陸したイーゼル国の尖兵は、我々の島を奪うために、島民を危険に晒そうとしています。平和を愛するパレット国が、島民を守るために行動するか。残忍なイーゼル国に、島が蹂躙されるのを黙って見過ごすか。今問われているのは、この2択なんです！」

徐々に語気が強まる。椎名が拳を握って右手を振り上げた。

「この島の守護者として、ふさわしい国はどこか。この島を守るために、必要な行動は何なのか。今、改めて考えてください。島にはすでに悪魔が潜んでいます。彼らに島を、渡してはいけません」
「これで、政府チームの広報タイムを終わります」
機械音声が演説を遮断し、再び3色の画面が戻ってきた。広場の投稿が、急速に増加していく。

クリード @creed1205
敵のスパイがもう島ん中にいるってこと?
やばくね?

クリオネさん @kuriOne
椎名くん生きてたんだ……良かった……
もう椎名くん以外出さないでほしい

山頭火 @san10ka
「解業者」を偽って侵略する島に上陸。
汚いやつらだな!

イブ @eva1991
船の主、イーゼル国の人かもしれないけど、軍の人とは限らないんじゃない？
イーゼル国の解体業者が、ふつうに仕事しに来ただけかもしれないよね

山田づくし @yamadaaaaaa
@eva1991
係争地の海岸に乗り付けてくる『解体業者』は普通の人ではないだろ……
常識的に考えて……

あいだゆうじ @yuji0329
Ｙｏｕ＆Ｉはもう出てこないのかなー

「これはなかなか、不都合な事実だ」

国友のつぶやきに今井も同感だった。先ほどの政府側の扇動は、これまでは疑惑で済ませられた「イーゼル国のキャンバス島侵略」を、市民に「現実のもの」と受け止めさせるだけの説得力を持っていた。

「まずは、ほんまにイーゼル国の軍人が島におるんか確認した方がええで。不安を煽るた

めに、そういう話をでっちあげとるかもしれん」

「確認って、具体的にどうするの？」

「『キャンバス島住民の声』の情報素材を集めるのがてっとり早いんちゃう？　島におかしなのがおったら、住民の声としてあがってくるやろ」

「何にせよ、早く手を打たないといけない」

そう短く言った国友は、レジスタンスＰＣに触れて、すでに情報屋のページを開いていた。チームの面々が再びレジスタンスＰＣの前に集まる。情報屋には後半に入ってから新たな素材が更新されていたが、イーゼル国の兵士に関する情報は、一見した限りでは見当たらない。

「住民の声を確認して……それで本当にイーゼル国の人間がいたら、どうするんだ」

普段は楽観主義を信条にしている今井だが、今この瞬間は、希望的観測は捨てた方が良さそうだと思った。

「上陸しているイーゼル国の兵士が、どういう人なのかを伝えましょう。なんでいるのか、どういう人なのか。今は情報が少ないから、『悪魔』なんてレッテルを貼られて敵視されてるけど、相手も同じ人間だと分かれば、市民の見方も変わるはずだから」

熱弁する樫本の提案は、やはり〝正攻法〟だった。だが、それが通用する段階はもう過ぎ去ったというのが今井の認識だった。

「それをどうやって伝えんだよ。『この人、こう見えても本当はいい人なんです』って？　他国の人間が、島に身分を偽って侵入してるんだぞ。もう、きれいごとが通じる状況じゃねぇよ」

「じゃあどうするの？　あなたには何か考えがあるの」

詰め寄るような樫本の視線を、今井はひるまず受け止める。皆の賛同を得られるか分からないが、打開策はある。他のメンバーの様子を確認した後、声のトーンを落として告げた。

「いなかったことにする」

「え？」

問い返す樫本の目を捉え、ゆっくりと復唱した。

「イーゼル国の人間は、はじめからいなかったことにする。あの旗も、解体業者の船も、戦争を起こすために、パレット政府が仕掛けた罠だと言い切る」

越智が驚きと焦りの入り交じったような表情で聞いている。

「嘘をつくってこと？」

眉を寄せ、樫本が尋ね返した。

「嘘と決まったわけじゃねぇよ。本当に政府が仕掛けた罠かもしれない」

「さすがに、その可能性は低くないか」

諭すような口調で言った国友の指摘は、もっともだった。だが、扇動のために重要なのは事実じゃない。

「それでもそうだと言い切るんだ。イーゼル国の人間が隠れて上陸してると分かったら、んなこと擁護しきるのは無理だ。全部政府のせいにする。今はそれしかない」

「そんなこと、誰も信じないでしょ」

「だから、あの音声を使う。スパイから送られてきたあの会話をな」

樫本の非難に間髪容れずにそう答えた。

「確かに。使うなら今かもしれない」

国友が、すぐにその意味を察してくれたようだった。越智も今井の方を見ると、メタルフレームの眼鏡をかけ直し、小さく頷いた。

「はよ扇動予約しよ。そろそろ仕返しせんとな」

14　スパイ

「ベストとはいかないけど、良い具合におどかせたんじゃないかな」

　そう言って椎名が白い歯を見せる。官邸の雰囲気は、中間発表の頃とは比べ物にならないくらい良好になっていた。

「広場を見る限り、不安になってる市民は増えたと思う」

　自身のタブレットで広場の様子を見ながら、織笠が状況を伝える。いつも通り淡々とした口調だが、声のトーンが一段上がっている気がした。

「不安を感じている人間は、何かにすがろうとする。すがりたい、と思うような情報を政府から与えれば、一気に多数を取り込める」

　後藤は話しながら、意図せず言葉に熱がこもるのを感じた。形勢逆転への舞台は、着実に整いはじめている。

「すがりたいと思うような情報ね。具体的には何がいいだろう」

「分かりやすくて、強い発信が要ると思う。何も考えなくても、摂取できるような」

　椎名の問いかけに、腕を組んだまま織笠が答えた。

「あたしは、音楽がほしいかなぁ」

のんびりとした声で香坂が言った。思わぬ提案に、政府チームが一瞬、沈黙する。

「あ、ごめんね。ズレたこと言ったよね」

慌てて謝る彼女に、後藤は強く首を振った。香坂の発言内容は毎回想定外だが、その発言と政府チームの好調が、無関係でないことを後藤は悟りはじめていた。

「いや、むしろ本質に近い」

音楽であれば、話の中身を聞く気がない相手にも浸透させられる。軍歌をはじめ、扇動に音楽を使うやり方は古典的と言えるくらい昔からあるが、有効だからこそ今の時代まで残っているのだろうと思う。後藤が賛成したことが意外だったらしく、香坂はどぎまぎした様子で、おそるおそる続きを語りはじめた。

「広報のとき、みんなしゃべってばっかりでしょ。普段の時間も、BGMとか何も流れてないし。音楽が流れてたら、ずいぶん安心できるかなあって」

「優花ちゃん、ナイスアイディアだ。こんなシンプルで大事なことに、どうして気づかなかったんだろ」

椎名が苦笑いを浮かべて頬を小さく掻いた。

「コマーシャルも、ほとんど歌とセットになってる」

ぽつりとそう言った織笠に、後藤は大きく頷いた。

「次の広報が決まったな。『You&I』再結成だ」

そう断言したところで、政府PCのディスプレイが虹色に切り替わった。レジスタンスが、久しぶりに扇動を仕掛けてきたようだ。無機質な音声が響き渡る。

「レジスタンスチームによる広報タイムです。この時間は、レジスタンスチームの情報のみがページ内に流れます。画面にご注目ください」

官邸の雰囲気がぐっと引き締まる。画面には、レジスタンスチーム樫本の、凛とした表情が映し出されていた。

「レジスタンスの樫本です。先ほど政府が行った広報に関して、我々レジスタンスは、政府チームが隠していた、ある重要な発言の記録を入手しました。これからその音声を再生します。国民のみなさん、よくお聞きください」

樫本がそう言うと、画面が真っ暗に切り替わる。布が擦れるような小さな雑音の後、男の声が聞こえはじめた。

『僕も自分で話していて、戦争の大義名分として軍事演習では正直パンチが足りないな、とは思ったんだよね。もう少し、なんというか……』

『具体的な被害がほしい』

発言が途絶えてから数秒間、画面には沈黙が続いた。今のは何だ。脳内でたった今流れた音声を反芻しながら、後藤は喉の渇きを覚えた。ひとつはっきりしていたのは、これからはじまる樫本の演説は、政府チーム、特に後藤にとっては、とてつもなく不都合なものだということだった。真っ暗な背景が徐々に開け、樫本の顔が浮かび上がる。

「お聞きいただきましたか。戦争の大義名分は、軍事演習では足りない。具体的な被害がほしい。これが、政府チームの本音です」

樫本が噛みしめるように政府チームの会話を復唱する。

「政府チームは広報タイムの中で、『イーゼル国軍がキャンバス島に上陸している』と断言しました。果たして、本当にそうなのでしょうか？　政府チームの本音を思い返してください。彼らは、戦争がしたいんです。そのための大義名分が、どうしてもほしいんです。だから、ただの打ち捨てられた船を、敵国の偽造船に仕立て上げた。あの画像は、先ほどの広報は、政府チームの捏造に基づくプロパガンダです！」

張りのある力強い声だった。プロパガンダ――今この女がやっていることがまさにそうだ。他人の意見を、自身の政治主張に都合の良いように切り取る。そして後藤は、その術中に嵌《はま》った側だった。

「最後にひとつだけ。『戦争の大義名分として軍事演習では足りない』。こう発言した声に、聞き覚えはありませんでしたか？」

止まらないレジスタンス樫本の追撃。政府チームの面々は、困惑した表情で1人の男を見つめていた。

「そうです。あの声は、政府チーム広報官、椎名瑞樹です。彼を信用してはいけません。政府を信用してはいけません。戦争を止めるため、我々レジスタンスに、力を貸してください」

「これで、レジスタンスチームの広報タイムを終わります」

鮮烈な扇動タイムが終了した。広場には、我先にと投稿が書き込まれる。

クリード @creed1205

「具体的な被害がほしい」だって。こわ

らでぃっしゅ @akadaikon

彼女の話を聞くべきだ

1枚の写真で、戦争の是非を決めるべきでない

かりん @carin412

本音が暴露されちゃったねー

こんな政府信じんの無理だわ

モルトケ @moltke

そもそもの話なんだが、
なんでレジスタンスはあんな音声ファイル持ってたんだ？
あの音声が本物だって根拠はあるのか

Fleming@courier

@moltke
声が本物だったじゃないか
あの声は確かに、政府広報官の椎名の声だ

Kohji@kkgoal

@courier
「確かに」って断言できるほどはっきり聞こえたか？
俺は偽物の可能性もあると思ったけどな

クリオネさん @kuriOne

椎名くんに出てきてちゃんと説明してほしい……

このままだと不安だよ……

山田づくし @yamadaaaaaa

@kuri0ne

あんたは椎名が出てくればなんでもいいんだろw

落日 @sanset

混沌としてきたな

「どうなってる」

加速する広場の投稿を追いながら、後藤は唸るように言う。扇動アクションで流されたのは、後藤と椎名が前半に行った会話の音声だった。録音されていたその会話が、政府チームに致命的なダメージを与えようとしている。

「いつやられたんだろう」

同じく発言を切り取られた椎名が、蒼白な顔でぽつりとつぶやいた。

「え、どういうこと？ なんでこの部屋の会話が、あそこで流れるの？」

取り乱した様子で周囲に尋ねた香坂に、硬い表情の織笠が答えた。

「スパイでしょ。スパイの盗聴アクションで、官邸の声が録られた」

あの扇動のカラクリは、織笠が説明した通りのはずだ。ただ、重大なのはそこじゃない。

「問題は、誰がやったかだ」

後藤は険しい目で全員を見回した。一切の反応を見逃さないよう、目を見開いたまま、政府チームの表情を次々と確認していく。

「疑いたくはないけど、僕と後藤くんの声が録られたことを考えると、録られていない人たちが怪しいよ。素直に考えればね」

椎名がそう言って、女性2人に目線を向ける。即座に反応したのは香坂だった。

「なんで？　自分で話して、自分で録ったかもしんないじゃん」

椎名と後藤のことを疑っている口ぶりだった。椎名が滞りなく自分と会話をしていたことを考えると、後藤には、椎名の言い分の方が正しいように感じられた。ただ、誰にも決定的な証拠はない。一瞬、探り合うような間が空いた後、織笠が口を開いた。

「広場は私たちの批判で溢れてる。政府アカウントでも扇動アクションでもいいから、早く何か言った方が良いと思う。疑い合ってる間に、時間が経過していくから。もうゲーム終了まで、20分を切ってる」

提案は真っ当な正論だったが、今の後藤にはその真っ当さが逆に疑わしく思えた。織笠は、スパイの正体から話題を逸らそうとしているんじゃないか？　真意を探ろうと織笠の黒目がちな瞳を見据えたが、織笠は、動じることなく後藤の視線を受け止めた。腑に落ちない部分はあったが、これ以上、広場を今の状態で放置するわけにいかないことも確かだった。後藤は、苛立ちを抑えつつ、チーム全員に呼びかける。

「この状況で生半可な発信をしてしまっては逆効果だ。別の衝撃的な情報で、世論を誘導する必要がある」

もう事は起きてしまった後だ。広場には市民の怒りが渦巻いている。今必要なのは弱々しい言い訳ではなく、心を揺さぶるような新たな事件だった。これを伝えるのに「You&I」はふさわしくない。別のショッキングな情報を伝える役割——いわゆるスピン・ドクターにふさわしいのは、椎名だろう。

「別の衝撃的な情報って、そんなの、どこにあるの」

織笠の質問に答える代わりに、後藤は席を立ち上がり、政府PCの前へと移動した。情報屋のアイコンをクリックして、指を指す。

「この素材を使う」

サムネイルには、海岸線と砂浜、そして黒々とした岩。購入のために必要なポイントは、300PPと記載されている。後半戦になってから出現した素材で、他に比べてポイント数が高かったので、ずっと気になっていたものだ。

「『キャンバス島事件の真実』……」

不安げに香坂がタイトルを読み上げた。

「後半開始時に見つけたんだ。後半スタート時は政府のイメージ向上が最優先だったが、今はとにかく、国民に別の衝撃を与えることが先決だ」

「残りのポイントは805ポイントだから、買う余裕はありそう。むしろ買わないと、ポイントは余る」

織笠が現在の状況を確認し、冷静に判断する。その言葉に、後藤は自信を強めた。

「サムネイルから判断すれば、この素材にはおそらく、キャンバス島に侵入した兵士が起こした事件が映っているはずだ。この情報を流せば、『イーゼル国の上陸』を疑う声は全部吹き飛ぶ」

時間的な焦りもあり、早口でまくしたてた。当然、皆が賛同するものだと思っていたが、椎名が異論を挟んだ。

「でも、この情報をこのタイミングで流したら、まさにレジスタンスチームが警告していた『政府が具体的な被害を作る』ことにならないか？　やっぱりやってきた、これは政府の罠だ。そんなふうに思う市民もいるかもしれない」

椎名は、それこそレジスタンスチームの思う壺だと言いたいようだったが、後藤の考えは違っていた。

「事が起こってしまえば、警告なんてものは問題にならない」

『愚者は自分を疑うことをしない』。後藤の確信には、ホセ・オルテガが大衆について書いた著作の一節が念頭にあった。愚者は疑わない。大衆は忘れやすい。その性質を考えれば、「警告」というものがいかに無力なのかがよく分かる。後藤の発言に反論する人間は誰1人おらず、官邸は一時静まり返った。

「……どうするの？」

静寂を破り、織笠が問いかける。再びの沈黙の後、椎名が声をあげた。

「素材を買おう」

集まる視線を前に、意見を翻した椎名が理由を語りはじめる。

「次の扇動で僕が出ていって、まずは音声がフェイクだと断言する。それからすぐに、この300PPの素材を流す。市民は目の前の事件に目を奪われて、音声がフェイクだったかどうかなんて気にしなくなる」

椎名の語る筋書きは、後藤が思い描いていたものとほぼ一致していた。このシナリオであれば、後藤と椎名の「不都合な会話」を、市民の頭から消すことができる。織笠も椎名の提案に異論はないようだったが、香坂は椎名のプランに懐疑的なようだった。

「そんなにうまくいくかな？　椎名くんは今、あやしい人なんだよ。他の人が広報した方が、うまくいく気がするんだけど」

指摘は一理ある。が、後藤は、彼女の口調がやや攻撃的になっていることが気になった。

椎名に疑われたことがよほど気に入らなかったらしい。これまで女性の言い分を常に聞いてきた椎名だったが、今回の香坂の主張には、はっきりと首を振った。

「ここで僕が出てこなかったら、逃げたと思われる。堂々と出ていった方がイメージが良い」

切迫した表情でそう答える椎名。その顔を見ながら、後藤はこの場で政府が取るべき戦略について思考を巡らせていた。椎名を一度下げて、もう一度「Ｙｏｕ＆Ｉ」に扇動を任せるという選択肢もなくはない。ただ、相手の広報官に名指しで狙われた以上、椎名を壇上から隠すことは、逆に政府追及の機運を盛り上げてしまうことにもなりかねない。意思を固めて、口を開いた。

「広報官は椎名に任せよう。３００ポイントの素材も購入して、すぐに扇動を準備する」

国民の大半は、発言の中身などほとんど聞いていない。主な判断材料になるのは、その外見と態度だ。椎名なら、この局面を乗り切れる。織笠が、後藤の顔と不安げな表情の香坂を見比べた後、香坂に遠慮がちに声をかけた。

「香坂さんが良ければ、この素材、購入するけど……どう？」

チーム全員の視線が香坂に向けられる。彼女は、一瞬目を泳がせた後、か細い声で言った。

「みんながいいなら、いいと思う」

15 演説

自分の想定通りに事が進んだことで、今井は広場に流れていく発言を興奮しながら追っていた。

「相当効いてるぞ」

「広報官の声が入ってたんがデカいな。他の人らの声なら『誰やねん』で済む話やろうけど、椎名は政府チームの顔やから」

「うん。政府のスパイは優秀だね」

国友のその言葉で、今井は冷静さを取り戻した。この部屋にも1人、スパイがいる。政府の動きが鈍っている今は、アジトにいるスパイを探すにはちょうどいい機会かもしれなかった。

「そろそろ、俺たちの中にいるスパイも特定しないといけないんじゃねえか。終盤にあんな目に遭うのは、ごめんだからな」

なるべく角が立たないよう気を遣ったつもりだったが、その一言で、アジトの空気が明らかに変わった。国友が何か口にしようとしたところで、レジスタンスＰＣの画面が再び虹色に切り替わる。

「政府チームによる広報タイムです。この時間は、政府チームの情報のみがページ内に流れます。画面にご注目ください」

無感動な機械音声によるアナウンス。画面に映っているのは、スキャンダルの渦中にいる男、椎名瑞樹だった。再び「Ｙｏｕ＆Ｉ」が出てくると思っていた今井には、その選択は意外だった。

「本人が出てきたな」

「何を言うかが問題や」

画面の中の椎名は、硬い表情で演説台の前に立っている。短い沈黙の後、椎名は語りはじめた。

「パレット国民のみなさん。こんばんは。政府広報官の椎名瑞樹です。まず、レジスタンスが公開した音声により、みなさんに不安な思いをさせてしまったこと、大変申し訳なく思います。この放送では、あの音声が一体何だったのか、私の口から、全て説明します」

「この人に説明できるのかな」

国友の呈した疑問はもっともだった。本当のことは、椎名にも分かっていないはずだ。この広報官は、一体何を説明する気なんだろう。椎名はひとつ息を吐くと、意を決した面持ちでカメラに目線を合わせた。

「あの音声は、本物です。『戦争の大義名分として軍事演習では足りない』。そう言ったのは、私自身です」

思わぬ告白に、アジトが一気にざわめき立った。

「認めた」

信じられないという表情で、樫本が言葉を漏らす。驚くのも無理はなかった。自分が声の主だと認めることは、政府にとっても、広報官の椎名自身にとっても致命的なダメージになるはずだ。こいつは……何を考えているんだ。画面の中の椎名は、蒼白な表情で次の言葉を吐き出そうとしていた。

「あの音声は、本物です。『戦争の大義名分として軍事演習では足りない』。そう言ったのは、私自身です」

椎名がそう発言した瞬間、プラスチック製の椅子が耳障りな音を立てる。後藤は、無意識に椅子から立ち上がっていた。

「話が違う」

後藤はマイクに音声が入らないよう、歯を食いしばったまま言葉を漏らした。全く、話が違う。はじめに、音声をレジスタンスの作ったフェイクだと断言する。そしてすぐに、購入した情報素材で国民の視線を「キャンバス島事件」へと逸らす。そういう手筈だったはずだ。音声を認めてしまったら、次の事件に国民の意識が移らない。計画が全て狂ってしまう。一体、どうする気なんだ。椎名はたっぷりと間を置いて、再び壇上で語り出した。

「具体的な被害がほしい。こう語ったのも、政府チームの1人、後藤正志くんです。彼の方針に従って、Ｙｏｕ＆Ｉは作られました。『ゆう』こと香坂優花さん、『あい』こと織笠藍さん、彼女ら2人は、後藤くんの指示に従って、あのような広報を行っています」

俺が……何を？　立っていた床が、テーブルクロスのごとく一瞬で引き抜かれてしまったような感覚だった。完璧に組み上げた計画が、脳内で激しい音を立てて崩落している。

「……え、椎名くん、何言ってるの？」

香坂が驚きと少しの恐怖で目を見開いている。何か、とんでもないことが起きてしまっている。官邸には異様な空気が流れていた。

「ご指摘の通り、政府チームは、この国を戦争に向かわせるためなら、どんな手段も使うつもりです。私もこれまで、後藤くんの指示を受けて、たくさんの嘘を国民のみなさんに吐いてきました。ただ、こんなことはもう耐えられない」

「放送を止めろ」

我に返った後藤は、掠れた声でつぶやいた。これが椎名の狙いだったのか。はじめから、これが狙いで、こいつは広報官を……。脳裏には、走馬灯のようにゲーム前半の光景が蘇っていた。違う。今は過去を振り返っている場合じゃない。とにかく、この扇動を止めなくてはいけない。これは、「政府チームの扇動」じゃない。ミキサーの前に立っていた織笠を睨むと、織笠は怯えた表情で首を振った。

「予約した時間は変えられない」

小さく震える声が聞こえてくる。一瞬、出て行って無理やり止めることも考えたが、そんな姿が映れば政府の印象を悪くするだけだ。椎名の演説が続く。

「自分たちに都合のいい情報や誇張したデマを流して、国民を戦争に誘導する。それが政府のやろうとしたことです。私は、自分のやっていることのあまりの残酷さに、耐えられなくなりました。だからこそこうして、みなさんに真実をお話ししています」

太ももの上で握った拳が震える。何が、真実だ。どの口がその台詞を言ってるんだ。溢れ出そうになる怨恨の感情を抑え込み、今やるべきことを再び織笠に伝えた。

「とにかく、あいつを黙らせるんだ」

声をひそめてそう言うが、心の中では絶叫していた。

「さっき買った音楽を流そ！　画面は、なんかテキトーな写真に変えちゃうの」

香坂が動揺で潤んだ目をこちらに向けた。

「それだ。すぐにやるんだ」

後藤が早口で織笠にそう言う間にも、椎名の演説は続いている。

「みなさん、この政府を信じないでください！　私はこれから表舞台から消されるでしょう。これだけは覚えておいてください！　この国は戦争に勝てません！　戦争になれば、みなさんの命……」

椎名が声を荒げて叫ぶ中、画面が突如『キャンバス島の全景』に変わった。背景には、小川のせせらぎが響くヒーリングミュージックが聞こえはじめる。椎名の声は、一切聞こえなくなった。

「よし」

後藤は大きく息を吐いた。画面には小鳥の声がさえずる中、キャンバス島の全景画像が、微動だにせず映し出されている。たっぷり10秒以上が経過した後、画面が虹色に切り替わった。

「これで、政府チームの『広報タイム』を終わります」

制限時間とともに音楽がぷっつりと途絶える。静けさが戻ってきた官邸とは対照的に、広場には熱狂が広がっていた。

みず @mizuki0921
え、なにいまの

こらった @murasakinezumi
放wwwwww送wwwwwww事wwww故wwwwww

ますだ @masudada
なんかやべぇもん見ちまった気がする

山田づくし @yamadaaaaaa
※このあと広報官はスタッフにおいしく粛清されました

ありえ @arie_n
あたまぐちゃぐちゃなんだけど
結局あの人、ダレの味方だったの？

クリオネさん @kuriOne
椎名くん！！！
椎名くんは政府の他の奴らに脅迫されてたんだよね！！！
でも、私たちのために身を挺して本当のこと言ってくれたんだよね！！
ありがとう椎名くん、一生ついてく！！！！

斑駒 @thinktank

解せないな
政府チームは国民を戦争賛成に導くのがミッションだったんじゃないのか
それとも、俺たち国民に知らされていないなにか別のルールがあるのか
演説台から、不敵に微笑みながら降りてくる椎名を、政府チームの面々はじっと黙って見つめていた。椎名が笑みを大きくし、両手を胸の前で広げた。

「サプライズ」

お道化た台詞に、笑う者は誰もいなかった。後藤はこれ以上ないくらい恨みをこめて椎名を睨んだ。

「お前がスパイか」

どう見てもそれは明らかだったが、椎名は微笑んだまましばらく答えなかった。

「どうだろうね。正義に目覚めた政府チームメンバーかもしれない」

「ポケットからカードを出せ」

混ぜ返す椎名の言葉を無視して、詰め寄った。椎名が口元に笑みを浮かべたまま、視線をずらす。

「山野さん。役職カードは、絶対に他人に見せちゃいけないんですよね？」

椎名の視線の先には、人事部の山野がいた。山野は切れ長の目をさらに細めて、椎名の

言葉に頷いた。

「ええ。その通りです。スタート時にはお話ししておりませんでしたが、他の参加者が他人のカードを奪うことも、もちろん禁止です」

山野は、後藤を牽制するように言った。ポケットに手を入れたまま、カードを取り出そうとしない椎名を見つめながら、後藤は皆に語る。

「おそらく、スパイの役職カード自体が盗聴器になっているんだ。こいつは、例の発言をするときにポケットに手を入れていた。カードに触れることで盗聴器のスイッチを入れた」

椎名が肩を揺すって笑いはじめた。その様子を見て、抑えていた怒りが爆発した。

「何がおかしいんだ！」

怒鳴り声にびくともせず、椎名は、ポケットからカードを裏面にして取り出した。ゆっくりと後藤に視線を合わせる。

「さすが後藤くんだよね。盗聴の仕組みはそれで正解。でもね、今の会話も盗聴、し、た、から。この意味、分かるよね」

はたと口を紡ぐ。盗聴。掲げられたカードと椎名の表情を交互に見比べながら、後藤は、自分が図らずも犯してしまったミスに気づいた。

「これで、政府逆転の可能性はゼロだ」

椎名が官邸を見渡し、ゆっくりと唇をめくりあげた。

16　事件映像

「椎名演説」の興奮冷めやらぬ中、『アジト』にはさらなる情報が舞い込んでいた。

『おそらく、スパイの役職カード自体が盗聴器になっているんだ。こいつは、例の発言をするときにポケットに手を入れていた。カードに触れることで盗聴器のスイッチを入れた』

『さすが後藤くんだよね。盗聴の仕組みはそれで正解』

スパイから入手した音声を聞いた途端、国友が弾けるように椅子から立ち上がり、チーム全員に向けて呼びかけはじめた。

「全員、役職カードを出してくれ。そしてそのカードを、ジャケットの懐に入れる。できない奴は、いないよな」

国友の最後の言葉は、若干脅迫めいていた。今井は、国友の意図が読めなかったが、全員が懐のポケットにカードを入れる様子を見ながら、やっとその意味を理解した。

「これ以降、また懐に手を入れようとした人間はスパイとみなすってわけか」

真剣な面持ちで国友が頷いた。

「相手のスパイが送ってきた音声から想像すると、この盗聴器は1回目のスイッチで録音を開始して、2回目のスイッチで相手に音声を送るって仕組みなんだ。二度触れさせなければ、もう盗聴はできない」

「さすがスパイマニアやな」

グレーのジャケットの懐にカードを収めながら、越智が感心したように言う。隣の樫本もその言葉に頷いていた。

「椎名の演説で、広場は完全に政府批判ムードだ。残り時間は約15分。広場に市民アカウントで加勢して政府攻撃と反対への投票を呼びかければ、まず間違いなく、俺たちの勝ちだ。スパイに盗聴されることもない」

皆を鼓舞するつもりで、今井は現状をまとめた。国友が頷いた後、眼鏡を小さく直し「念のためだけど」と切り出した。

「360ポイント残ってるし、最後の演説までにあと1回くらい、扇動をやっといた方がいいんじゃないか？」

今井はすぐに賛意を示したが、これには越智が異論を挟んだ。

「椎名みたいに、扇動の途中で好きなこと言いだすヤツが出てくるとけっこう痛いで。誰がとは言わんけど」

棘のある皮肉に、樫本が色をなして反論する。

「私は絶対あんなことしない。最後まで、レジスタンスの使命を果たすから」

その言葉を聞きながら、今井はおそらく椎名も同じようなことを言って政府チームを説得したんだろうと思った。樫本がスパイだと決めつけるわけじゃないが、万全を期して扇動は避けることにする。

「まずは広場に投稿だ。レジスタンスアカウントも使おう。手堅く勝とうぜ」

政府チームには、重く沈んだ空気が流れていた。この現状を引き起こした張本人である椎名は官邸の隅に追いやられていたが、その表情は明るい。両手を前に組み、落ち着いた表情で着席している。その視線の先では、険しい面持ちの政府メンバーが次の一手を模索していた。

「もう、残り15分しかない」

腕時計で時間を確認した織笠が、不安げにつぶやく。

「キャンバス島事件だ。あの動画を扇動で全編流す」

後藤は断固とした口調で宣言した。現状、切れるカードはそれしかなかった。

「あの動画を流すのは賛成。逆転するには、それしかない。でも、誰が広報官をやるの。あんな……あんな深刻な内容の動画を見た後に、誰が話したら……」

「あたし、やってもいいかな」

言い淀む織笠を前に、香坂がはっきりとした口調で言った。予想外の人物からの申し出に、後藤と織笠が何も言えないでいると、香坂はさらに続けた。

「あの動画を見てはじめは、ほんとにショックだったけど……このままにしちゃいけないって思ったの。怖くても、逃げないで、ちゃんと向き合わなきゃいけないことだって。最後まで、ちゃんとしゃべれるかどうか分かんないけど……私、やってもいい？」

眠たげな印象のある二重瞼の香坂の目に、静かな怒りが宿っていた。織笠が、香坂の言葉に何度も頷いている。後藤は固く組んでいた腕をほどき、香坂の目を見つめた。

「扇動を予約しよう。いい演説家が見つかった」

ハリー @harry105
広報官がバックれた政府は大ピンチだなー

らでぃっしゅ @akadaikon
勇気ある告発者のおかげで、この国の平和は守られそうだ

山頭火 @san10ka
政府はとんだ売国奴を広報官に選んでしまったな。

国を守るためには、命を捨てるべき時もあるだろう。

ニコル @niko

@san10ka

政府の流した偽情報に踊らされて、

する必要のない戦争で戦死とか、無駄死にもいいとこだろ

京 @whoinside

これ、本当にゲームなんだよね

ちょっと心配になってきた

椎名って人、ほんとに思い詰めた顔してたから

アジトでは、メンバーそれぞれが自身のタブレットを使用し、市民アカウントによる書き込みを行っていた。

「思ったんだけどさ、100人が参加してるわりには、書き込んでるアカウントが少ねぇな」

今井が「広場」を眺めながら、前々から思っていた疑問を口にした。

「こういう言い方がぴったりくるかどうかは知らんけど……ノイジーマイノリティと、サイレントマジョリティの話があてはまるかもしれんな。書き込んでいるのは、おしゃべり好きな国民の一部で、ほとんどの人らは黙って画面だけ見とる」

自身の文章を打ち込み続けながら、越智が何気ない口調で答える。

「だね。付け加えると、書き込んでる人間は少数だから、そのうち4人を押さえていたら、広場の意見を覆される可能性は低いだろうね。大まかにみた印象だと、書き込んでるアカウントは30人くらいだから。10パーセント程度を僕たちのアカウントが占めていることになる」

広場に書き込んでいるアカウントを指しながら、国友が落ち着いた声で分析した。

「確かに、そんだけの割合が必ず味方なら、そう簡単にはひっくり返せねぇな」

「少し厚めに投稿すれば、広場はレジスタンス支持で埋められる。越智さんの言う、サイレントマジョリティが急に目覚めなければね」

国友が発言すると同時に、レジスタンスＰＣから再びアナウンス音が響き渡った。

「扇動」

樫本が少し意外そうにつぶやく。アナウンス音に連続して、機械的な女性の声。

「政府チームによる『広報タイム』です。この時間は、政府チームの情報のみがページ内に流れます。画面にご注目ください」

「誰を出してくるんだろうな」

すでに状況を楽観視して呑気に告げた今井とは対照的に、何故か国友の表情は思いのほか厳しかった。

「1人やな」

同じくPCを見つめていた越智が、低い声で言う。画面に映っているのは「You&I」の1人として画面に登場した栗毛の女性、香坂優花だった。

「パレット国民のみなさん、こんばんは。香坂優花です。さっきは、私たちのことで、びっくりさせてごめんなさい」

香坂はそう言って、画面から一瞬消えてしまうほど深いお辞儀をした。再び画面に戻ってきた香坂は、ほんの少しの沈黙の後、意を決した様子で語り出した。

「椎名くんは、私たち政府が見つけたある動画にショックを受けて、あんなふうに、たくさんの嘘をついてしまいました。だから、椎名くんは悪くはありません。本当に悪いのは……椎名くんをあんなふうにしたのは……イーゼル国の人たちです」

香坂は国の名前をはっきりと口にした。椎名はレジスタンスのスパイとして、どこまでも自分の意志であの行為に及んでいたはずだったが、政府チームはあの暴露を「イーゼル国の動画が原因で錯乱してしまった椎名」のせいにするつもりらしかった。

「これからみなさんにお見せするのは、イーゼル国の兵士が、私たちのキャンバス島で起こした事件の様子です。すごくショックな映像なので、気分が悪くなる方もいると思います。我慢できなくなった方は、無理して見なくても大丈夫です。でも、大切なことなので、たくさんの人に見てほしいです」

訥々《とつとつ》と言葉を繋いでいく香坂。その演説には椎名のような流暢さはなかったが、人の心を引き付ける何かがあった。

「これが、事件の様子です」

そう言うと同時に、ディスプレイが暗転した。徐々に白みがかっていく画面。今井は、静けさに胸騒ぎを覚えた。

映し出されたのは、キャンバス島の海岸線だった。灰色の砂浜。ゆったりとした白い衣服を身にまとった女性が、波打ち際を静かに歩いている。その腹部はゆるやかな丸みを帯びており、どうやら身籠っているようだった。女性の姿は、島の内陸側から映し出されている。どんよりとした曇り空の下、暗褐色の海を背に、女性は桟橋へと歩を進める。目を凝らしてみると、桟橋の柱に、青い網のようなものがかかっているのが分かった。海水で、何かを冷やしているらしい。古びた木製の桟橋に、女性が近づいていく。打ち寄せる波の音。女性の細い脚に、わずかに白波が触れる。女性は、右手で腹をかばいながら、柱にかかった網に左手で触れた。ゆっくりと網を引き揚げると、海中から、深緑色の球体が顔を出した。スイカだ。その存在を認め、女性がわずかに笑みをこぼす。両手で抱え込もうと前かがみになった刹那、あたりに乾いた音が響き渡った。

破裂する球体。真っ赤なしぶきが、女性の白いローブを染める。女性は大きく目を見開き、とっさに、目の前の崩れた果実を胸に引き寄せた。再び銃声が響く。女性は、びくりと肩をすくめた。さらなる破裂音。女性は、掬《すく》い取れなかった欠片たちを目で追いながら、自らを抱いて、力なく倒れ込んだ。

紅に染まった砂浜。突如画面の前に、のそりと迷彩服の男の後ろ姿が現れた。両手で銃を構えたまま、倒れ伏せている女性へと近づいていく。女性の胸元を掴んだその瞬間に、映像は唐突に途絶えた。

画面がスタジオに戻る。演説台の前に立つ香坂の頬には、大粒の涙が伝っていた。

「……何の罪もない女の人を」

語り出した声は、激しく震えていた。香坂は一度唾を呑み、涙声で言葉を紡ぐ。

「これから、お母さんになる人を」

声には、激しい怒りと、痛ましいと感じるくらいの哀しみに満ちていた。

「イーゼル国の兵士は、撃ち殺しました」

香坂はそこまで言って、演説台の前で絶句した。画面には、わずかにしゃくりあげる声と、涙で濡れた表情が映し続けられている。その姿は、他のどんな言葉よりも雄弁に、香坂の感情を伝えていた。

「……撃たれる前、このお母さんは、笑ってました。きっと、家族みんなでスイカを食べるのを、楽しみにしていたんだと思います。やさしい、やさしいお顔でした」

再び語り出した香坂の声はこれまでよりずっと静かだったが、その響きは砂浜から潮が引いていくようで、今井は、これから何か恐ろしいことが起きる予感を覚えた。

「なんで、殺されたんですか」

香坂が、ぽつりとつぶやいた。

「この島で、ただ幸せに暮らしていただけなのに、どうして、殺されたんですか」

声が、少しずつ怒気を孕んでいく。

「この島を、奪おうとする、悪い人たちがいたせいです」

香坂の瞳から温和な色が消え、その表情は、新たな感情に埋め尽くされようとしていた。

「あたしは、できたら、誰も武器なんて持たないで、みんな平和に毎日笑って暮らせたらいいって、そう思ってました。戦争する人たちなんて、信じられないって」

その視線は、危うい光を灯しながら、ゆらゆらと揺れている。

「でも……イーゼル国が、この島にやってきて、妊婦さんを……平気で、ほんとに平気で殺すのを見て、気づきました」

　揺れていた眼が、ふいにぴたりとその動きを止める。涙を拭い、画面へとまっすぐに向けられた彼女の瞳は、吸い込まれてしまいそうな深い黒に染まっていた。

「武器を持った悪い人たちを止めるには、良い人たちが、武器を取るしかないんです」

しん、としたスタジオに言葉が響き渡る。その口調に、迷いはなかった。

「私たち政府に、力を貸してください。あの優しい女の人の……生まれるはずだった赤ちゃんの、仇を、私たちに取らせてください」

　徐々に、熱を帯びていく声。頬がわずかに上気していた。

「お願いです。あのお母さんのために……生まれてくるはずだった赤ちゃんのために、戦わせてください」

　香坂の熱のこもった声とともに、政府チームの扇動は終了した。一瞬、言葉を失うように静止していた広場は、濁流のような投稿群に呑み込まれた。

　マッチ坊 @matchde_su
　言葉が見当たらないな……

　こらった @murasakinezumi

ひでぇ……

無頼 @burai
鬼だな
人間のやることじゃねぇよ

ぱんこ @sweetsweet
妊婦さんに暴力ふるうなんて、最低
信じらんない

美恵子 @mi_mama
あの男の人、許せない
あの後、女性が何をされたのかと思うと、耐えられない気持ちになる

山頭火 @san10ka
イーゼル国は、越えてはいけない一線を越えた。
こんなことを許して、何も反撃しなかったら、

この国は一生他国の奴隷だぞ！

ありえ @arie_n

ゆうちゃん泣いてたね。。。

あいだゆうじ @yuji0329

@arie_n

あんなひどいもん見せられたら、無理ないよ

むしろよくがんばってたと思うな

ゆうちゃんの最後の言葉、ぐっときたよ

落日 @sanset

久しぶりに見たな、スナッフビデオ

雅彦 @masat

あのイーゼル国兵士を殺すべきだ

眼には眼を、歯には歯を

斑駒 @thinktank
目的が良く分からないビデオだ
そもそも誰が撮影したんだ
政府チームの女性は「殺した」と断言していたが、
あの妊婦が死亡したかどうかは、この動画だけでは分からないだろ

あやか @moon513
@thinktank
君、血も涙もないってよく言われるでしょ

よっち @yocchicchi
ゆうちゃんの言う通りだよ
武器を持った悪人を倒すには、善人が武器を持つしかない

Fleming@courier
みんな政府の言い分を信じすぎてる

あの女性が、妊婦かどうかも定かじゃない

ニコル @niko
最後に出てきた軍人も、イーゼル国の人間と決まったわけじゃないだろ
全部政府側が仕組んだ可能性もある
椎名が警告してたろ

ビリー @radiohead
これで黙ってちゃ男じゃねえよ

聲 @koe
賽は投げられたね

一向にやむ気配のない広場の投稿を、チーム全員が無言で見つめている。政府にとって不可欠な存在だった広報官・椎名の反乱で、戦局はレジスタンス優位に変わったはずだった。ただ、今この部屋で、自分たちが優勢だと思っている人間はおそらく誰もいない。アイドルごっこをしていた温厚そうな政府チームメンバーが、全く思わぬ形でレジスタンス

に牙を剥いてきた。情報戦において、むき出しの感情がどれだけ強烈なインパクトを与えるのかを、今井は身をもって感じていた。あの香坂の演説は、爆弾だった。椎名がいなくなったことで、政府は弱体化してなんていない。むしろ自分たちは、とんでもない怪物を目覚めさせてしまったのかもしれない。

「厄介なことになったな」

沈黙した空気をとにかく変えようと、今井は誰に言うでもなくつぶやいた。

「あれが、キャンバス島事件？」

樫本の質問に、国友が苦い顔で答えた。

「まず間違いないね。あの動画だけで1分くらいあった。それにあの中身だ。300ポイントという価格がついていても、不思議じゃない」

「演説も1分以上しとったからな。相当ポイントは消費したはずやけど、おかげで最終投票までもう7分しかあらへん」

越智が自身の腕時計に目をやりながら、普段よりさらに早口で言う。

「広場に投稿し続けるぞ。俺たちのテコ入れがあれば、広場のレジスタンス有利はまだ保てる」

全員にタブレットを示しながら呼びかけた。あの演説で、政府支持に回る国民は相当数出るはずだ。その流れ自体は止めようがない。今レジスタンスがやるべきことは、総崩れを防ぐことだった。広場の優位だけは絶対に死守する。1つ陣地が残れば、また押し返すこともできるかもしれない。今井は、半ば自分自身に言い聞かせていた。

「賛成やけど、投稿だけじゃ勝てへんよ。こっちにも、事件レベルの爆弾が要る」

「『キャンバス島事件の真実』を今すぐに買おう。素材購入をもったいぶって投票に負けたら、元も子もないだろ」

越智の発言を受け、国友がそう提言した。これまでPPの使用を渋っていた樫本をはじめ、全員がその言葉に頷く。選択肢はもう、いくつもなかった。

「分かった、購入しよう。素材を流すための扇動もすぐ予約すんぞ」

即座に国友がレジスタンスPCで情報屋の画面を立ち上げる。越智はタブレットで残り時間を確認した後、石川の方へと歩み出した。

「ちょっと待って！」

動きはじめたチーム全体に、樫本が鋭く声を発した。待つ余裕なんか1秒もない。そう言い返したいところだったが、あまりの剣幕に、全員がその動きを止める。樫本がタブレットの1点を指している。

「これ」

チーム全員がすぐさま彼女を囲む。樫本が指差していたのは、広場に投稿された1つの書き込みだった。

「書き込みひとつくらいで……」

今井は、最後まで言葉を続けることができなかった。その「書き込み」の意味することを理解するにつれ、全身の血の気が引いていくのが分かる。

市井ノ人 @ordinaryjoe
レジスタンスガ、市民ノフリヲシテ広場ニイルヨ
コイツラ全員、レジスタンスダヨ
【イブ @eva1991】
【Fleming@courier】
【チョップ軍隊 @choparmy】
【ニコル @niko】

全ク、汚イ奴等ダネ

「なんだ、これ」

国友も、目の前の光景が信じられない様子だった。今まで見たこともないアカウントが、

レジスタンスチーム４人のアカウントを正確に列挙している。

「誰だよ、こいつ」

広場に落とされたその爆弾を、穴があくほど見つめる。スパイの仕業か？　でも、だとしたら、どうして「４人分」のアカウントが暴露されてるんだ。「市井ノ人」？　そんなアカウント、今まで広場にいたか。次々に頭に疑問が浮かぶが、何ひとつこの状況を説明できる解答は思い浮かばなかった。

「全員、バラされとる」

越智がつぶやき、樫本も頷く。「市井ノ人」は、一度だけでなく、集中して十数回、広場に同じ投稿を繰り返していた。

ありえ @arie_n

市井ノ人 @ordinaryjoe

なにこの人、怖いんだけど

クリード @creed1205

市井ノ人 @ordinaryjoe

この広場に、レジスタンスが紛れ込んでるのか？

名無し @xi
市井ノ人 @ordinaryjoe
たしかに、こいつが名前をあげたアカウントは、
レジスタンスに有利になるような発言しかしてねぇな

ray@ray_k
ふーん
この4人はレジスタンスのスパイか
覚えとこ

「誰がバラしたんだ」

今井の声が、沈黙したアジトに響き渡った。答える者は、誰もいなかった。レジスタンスチームにとって頼みの綱だった「市民アカウント」の存在が、正体不明のアカウントによって、全て暴露されている。広場だけは、守らなきゃいけないんだ。ここが攻略されたら、レジスタンスにもう後はない。それなのに、この訳の分からないアカウントのせいで、広場を守る俺たちの武器が、全て晒されてしまった。今井はタブレットから目を切り、チームメンバー一人一人に目を向けた。眉を寄せる国友。首を振る越智。右手を口に当て、動

かない樫本。今井の眼には、全員が疑わしい人間に見えた。広場も、チームも、このゲームも、今は全てが虚構のように感じられる。耐えきれないような気持ちになり、今井は頭を掻きむしった。

「どうなってんだよ！」

殺風景なアジトに、今井の怒号が空しく響き渡った。

17 市井の人

今井の叫びに答える相手は皆無だった。アジトには痛いほどの沈黙が流れている。時計を確認した樫本が、タブレットで広場の様子を確認しながら、探るように言葉を発する。

「政府チームが個人アカウントを持っていて、そのアカウントが投稿したって可能性は?」

「ないな」

即座に否定した今井を見て、国友が補足する。

「政府チームにも市民アカウントが操れるなら事前にその説明があるはずだし、何より彼らは、僕たちのアカウント名を知らないはずだ」

「とりあえず、うちら全員でこいつの言うこと否定しといた方がええんちゃうか。黙っとったら、認めたと思われるやろ」

越智の提案には、今井も賛成だった。「市井ノ人」をあのままにしておくわけにはいかない。今井と樫本がタブレットを手にし、自身の市民アカウントを立ち上げかけたところで、国友が強く遮った。

「いや、駄目だ」

国友が、険しい目つきで皆の行動を制した。

「全員、端末から手を離せ。触った瞬間、スパイと見なす」

人が変わってしまったように荒い口調で指示を飛ばす国友。「市井ノ人」への反撃を、どうしてこいつが止めにかかるんだ。やっぱりスパイは国友だったのか？　今井は強い違和感を覚えて問いかけた。

「国友、急に何なんだ。早く否定しねぇと、手遅れになるぞ」

「それが狙いなんだ。30秒でいい、とにかく待ってくれ」

自分の口調が周囲を警戒させていることを知ってか、国友は少しだけ語気をゆるめた。

「しっかり広場を見ていてくれ。俺の想像通りなら、それでスパイの正体が分かる」

説明には全く納得がいかなかったが、何もなければそのとき騒ごうと思い、ひとまず口を噤《つぐ》む。広場には、香坂の演説に影響された投稿と、「市井ノ人」にまつわる投稿が五月雨に流れていた。

「来た」

突然、国友がハンターのように短く声を発し、レジスタンスＰＣの画面を指した。チーム全員がその指先を注視する。

チョップ軍隊 @choparmy
市井ノ人 @ordinaryjoe

え、この人何言ってんの？　私、ただの一般人だけど
誰かと勘違いしてない？

今井、国友、樫本の視線が、一斉に越智へと向けられる。視線の先の人物は、あくまで平静を保った表情で、メタルフレームの眼鏡に触れた。

「タブレットに触れてないのに、越智さんのアカウントが動いた」

樫本は、目の前で起きた事象をまだ呑み込めていない様子だった。

「回線が重いんやろな」

越智が涼しい顔でそう答えたが、国友はその返答にはっきり首を振った。

「僕たちは、誰かさんの号令でお互いのアカウントを口頭で確認し合ったが、誰がどのアカウントを動かしているか、実際に目で見て確認したわけじゃない」

国友は鳶色《とびいろ》の眼鏡に左手で触れると、やや早足に説明をはじめた。

「広場をざっと見て、レジスタンスに意見が近そうな人間を見つけ、それが自分のアカウントだと宣言する。レジスタンス全員のアカウントが分かったところで、本物の自分のアカウントを動かして、レジスタンスが使っているアカウントを全て暴露する。……レジスタンスチームは、致命的なダメージを受ける」

国友が自身の推理を披露する中、今井は、越智の目の前に置かれたタブレットを勢いよ

く奪い取った。人の物を取るのは良心が痛むが、今はそんなことを気にしている場合じゃない。その画面に表示されたものを見て、今井は呻くように声を漏らした。

「越智さん……」

越智のタブレットを、全員に見えるよう掲げる。液晶画面に映し出された「個人アカウント」には、「市井ノ人」の文字が、はっきりと刻まれていた。

「あなたが、スパイだったの」

ショックを受けた表情で樫本が越智を見つめていた。越智が、薄い唇を真一文字に結んだまま、レジスタンスメンバーそれぞれに素早く視線を走らせた。

「うちが、君らに言う義理はない」

今井は、目の前で起きていることをどこか信じられないままでいた。越智はゲーム開始当初から、的確なアドバイスを提供し続けてくれていた。博識な上に常に冷静で、このゲーム中、今井が一番信頼を置いていた人物が越智だった。ただ……ゲーム当初の越智の助言を思い出し、今井の目の前が暗くなる。自分が「広場の情勢」を重視して、市民アカウントでの投稿に力を入れていたのは、越智のアドバイスがきっかけだった。はじめから市民アカウントを重用していなければ、大したダメージはなかった。全部、はじめから仕組まれてたんだ。全身を重い虚脱感が襲う。ただ、まだ倒れるわけにはいかなかった。越智への呪詛の言葉を呑み込み、他の2名に向き直る。

「とにかく、時間がない。スパイの発言はこれから一切無視だ。扇動の時間帯を予約して、こっちから攻めるぞ。広場の火消しも、同時並行でやる」

言葉が終わらないうちに、レジスタンスPCから、金貨が擦れる効果音が鳴った。

「300PPの素材、購入したよ。残りポイントは、あと60」

国友が短く報告する。その言葉に無言で頷くと、すぐさま声を張った。

「石川さん、56分から1分間、扇動の予約をお願いします」

「できません。56分10秒から2分間、政府チームの扇動があります」

石川が、自身の手元にあるPCを見ながら、即座に答える。

「じゃあ……55分。55分からでいいので、予約をお願いします」

「承りました。これから1分後、55分からレジスタンスチームの扇動アクションを1分間予約します」

石川の声に覆いかぶさるように、樫本が発言する。

「次の扇動は何を話すの？　何も決まってないでしょ」

「『キャンバス島事件の真実』を流す。補足で樫本が一言だけしゃべって、それで終わりだ」

自分が言っていることが無茶なのは分かってる。それでもう、無茶をする以外に選択肢はなかった。

「ちょっと待って、私たち自身、何が流れるか分かってないのよ。そんな不確かなものに頼っていいの？」

「頼るしかない。３００ＰＰかかった素材なんだ。必ず何かしらのインパクトがある。今はとにかく、時間がない」

額にじっとりと脂汗をかいていた。「キャンバス島事件」動画に、香坂の演説、市民アカウントの暴露。レジスタンスは、休む間もない政府の攻撃に晒され続けている。

「今井くんと樫本さんのタブレットを預かっていいかな？　広場の火消しは僕の方でやるよ。２人は、扇動の内容を詰めた方がいい」

国友の申し出に、今井と樫本はすぐさま頷く。スパイが誰かが分かった今、同チームだと分かった3人の結束はこれまでより固くなっていた。

「ギリギリまで素材の中身を確認しよう。扇動がはじまったら、樫本の振りの後再生だ」

緊迫した表情の3人を後目に、越智がのんびりとした様子で自身の腕時計を確認している。

「君らにはもう、ポイントも時間も、秘密のアカウントもあらへん。ドラえもんが実家に帰ってて、スペアポケットも持ってへんのび太みたいなもんや」

越智がそう言うのを聞き、今井はまた1つ、気づきたくもないことに気づく。越智がはじめから扇動を使いたがっていたのは、これが狙いだったんだ。情報屋の画面に浮かぶ「０ＰＰ」の文字を見ながら、軽い眩暈《めまい》を覚える。ただ、ここで倒れるわけにはいかなかった。

レジスタンスが諦めれば、戦争がはじまる。今井は、余裕の越智を鬼気迫る表情で見つめ、つぶやいた。

「雑草の意地を見せてやるよ」

18　真実

「ごめんね、冷静にしゃべれなくて」

演説台から降りてきた香坂が、そう言って涙を拭った。

「香坂さんの言葉、響いたよ、気持ちがこもってたから。広場もみんな、香坂さんの味方だと思う」

「藍ちゃん……」

織笠の慈愛のこもった言葉に、香坂の眼が再び涙に滲む。その様子を見た織笠が、ぎこちなく香坂を抱き寄せた。

「つらかったね。頑張ろう、あの子のためにも」

2人の様子を横目で見つつ、後藤は織笠藍という人物が、自分が想像していたよりもはるかにしたたかな人物であることを感じていた。香坂は、意図的なのか無意識なのか「キャンバス島事件」の動画内容を半ば事実のように捉えている節があり、そのことが演説に迫力を与えていた。織笠はそれを理解した上で、あえて香坂の「没入感」を高めている。「あの子のためにも」という言葉がその証左だった。ただ、政府チームが勝利するためには、香坂を今の状態のままにしておく必要があるのも確かだ。後藤が、心中で織笠の戦略を後押しようと決めたところで、官邸に再びアナウンスが響き渡る。

「レジスタンスチームによる広報タイムです。この時間は、レジスタンスチームの情報のみがページ内に流れます。画面にご注目ください」

ディスプレイにはレジスタンス広報官・樫本の険しい表情が映っていた。今回は一切の間を置くことなく、切迫した口調で語り出す。

「レジスタンスの樫本です。みなさん、よく聞いてください。先ほど流れた動画は、政府が事件を都合のいい形で切り取った、改ざんされたフィルムです。みなさんは今、騙されています」

樫本は断定口調でそこまで言い切り、小さく息を吸った。

「これから見せる動画に、政府が隠した『キャンバス島事件』の真実が記録されています。しっかりと、その目に焼き付けてください」

言葉が終わるか終わらないかというタイミングで、画面が暗転する。わずかに金属のぶつかる接続音が聞こえた後、画面全体に画角が広がり、動画が再生されはじめた。

砂浜に横たわる女性の上半身が、縦長の画面に映し出されている。かすかな波の音。動画は携帯端末で撮影されており、映像全体が小刻みに揺れている。女性の姿が映ると同時に、後藤の隣で見守っていた香坂が小さく息を呑んだ。女性が着用しているゆったりとした白のローブは、肩口から腹にかけて、薄い赤に染まっていた。撮影者と思しき男性は、低くもごもごとした口調で何か語りはじめた。その言語は日本語ではなく、発言と同時に画面下に字幕が入る。

『報告にあった女性兵を捕獲。これより身体検査を行う』

その字幕と同時に、女性の下腹部あたりに重なるように、屈強な男性の腕が現れた。

「やめて……」

香坂が弱々しく声を漏らす。その顔面は蒼白だった。男はローブの裾を掴むと、一気に上半身の方へと引き上げ、女性の腹部を露わにした。

「見なくていい」

後藤は短くそれだけ言い、画面と香坂の間に立った。これから映るものが何であれ、香坂には見せるべきではない。再び演説を行う彼女には、「キャンバス島事件」に関する不都合な情報は一切知らせないつもりだった。敵の事情に関して無知であればあるほど、人は強力な暴力を振るうことができる。

「動画は、レジスタンスの作った偽物だ。こんなものに惑わされる必要はない。香坂は、最後の演説のことだけを考えろ」

あえて叱るような口調でそう伝えたが、香坂は、やや安堵したような表情を浮かべていた。こちらの意図を察したのか、織笠が香坂の肩を抱き、画面から離れた箇所へと移動させてくれた。その様子を見届けた後、ディスプレイに向き直る。後藤はその画面に映し出されたものを見て、やはり、香坂を引き離したのは正解だったと改めて思った。

『汚い手だ。許しがたい』

再び、男の外国語と字幕。女性の腹部には、球体に形作られた布が、革のベルトで巻き付けられていた。その球体の下に、女性の白い肌が覗く。右わき腹のあたりには手榴弾が、太ももには、自動小銃とナイフが固定されている。とんだ妊婦だな。ローブの下の重装備を見ながら、後藤は声に出さずに心の中でつぶやく。

『報告通り、妊婦に擬態した女性兵は、腹部と大腿部に武器を隠し持っていた』

字幕が表示されると同時に、男性は女性の頸動脈あたりに右手をやる。めくりあげられた白のローブは、今は女性の顔全体を覆っていた。

『脈拍に異常なし。８４１部隊で身柄を拘束し、対象が麻酔から覚醒次第、尋問する』

男性が報告を行う間、女性の顔を覆っていたローブが、わずかに上下していることが見て取れた。この兵士が使用したのは、麻酔銃だったようだ。男性の腕が、捲《めく》られたローブを再び元の位置に戻す。ローブに出来た染みのそばに、散ったスイカの実があることが確認できたところで、動画は唐突に終了した。暗転の後、接続音とともに、再び画面に樫本が登場する。

「殺された妊婦は、どこにもいません。いるのは、政府の汚い策略で、兵士にされた女性だけです」

　樫本は、義憤に燃える表情で、政府を厳しく糾弾した。なおもその批判は収まらない。

「妊婦だったら狙われづらい。そういう人間の心理を逆手に取った、あまりに非道な作戦です。戦争になれば、この政府はさらにむごいことを、女性や子どもにさせるに違い――」

　弁舌が勢いを増してきたところで、画面が唐突に虹色に切り替わった。白く浮き上がる「PALETTE」の文字。

「これで、レジスタンスチームの広報タイムを終わります」

　予約した1分間が、演説の途中に終了してしまったようだ。残り時間が意識から飛ぶほど、レジスタンスは余裕を失っているとも言える。画面が再び、赤、白、青の3色へと戻った。

　こらった @murasakinezumi
　わっけわかんねぇーー

　Kohji@kkgoal
「妊婦が殺された」ってのは嘘だったのか

詩音 @poetnote
この動画、本当にさっきの動画の続きなの？
ゆうちゃんが流した動画の時は、もっとたくさん、血みたいなの出てたよね

京 @whoinside
@poetnote
そう、おかしいよ
女の人の顔も、さっきの砂浜にいた人と違う気がする

モルトケ @moltke
イーゼル国の兵士に殺されたと思った「妊婦」は麻酔銃で眠らされただけで、そもそも女性は妊婦ですらなく、民間人に偽装して潜伏していたパレット国兵士だった
まとめるとこんなところか

ありえ @arie_n
てかこのゲームこわすぎ

誰がホントのことといってんの？？

あいだゆうじ @yuji0329
俺はゆうちゃんがウソついてるとは思えないなぁ
あの涙は本物だよ

Fleming@courier
@yuji0329
あの女性は、何も知らなかったんだろう
知らないということは、嘘より罪深いことがある

ray@ray_k
@courier
かっこつけてるとこ悪いけど、
スパイの言うことなんて誰も聞いてねぇから

らでぃっしゅ @akadaikon

パレット国は、自国の兵士を、妊婦に偽装して待機させていた
この作戦は、パンドラの箱を開けたようなものだ
兵士が民間人のふりをしているなら、敵の兵士は民間人も狙わざるを得なくなるんだよ
つまり「戦争」と「日常」の垣根がなくなってしまう
これは本当に、恐ろしいことなんだ

俊子 @toshi1204
私は、政府の女性が流した涙を信じます。

「『キャンバス島事件』の嘘に気づいた人もいるけど……僕たちの動画の方こそ、嘘だと思っている人が相当数いるね」

広場の投稿を目で追いながら、国友が苦々しげに言った。

「気づいた人間が1人でもいるってことが大事だ。0と1は違うからな」

そう言ってチームを鼓舞しつつ、今井は、想像していた以上に広場の意見が動かなかったことに焦りを感じていた。証拠とともに「真実」を提供しても、それが相手の認めたくないものであれば、容易に受け入れられはしない。広場の情勢は、大多数の人間が自分の信じたいものだけを信じることを雄弁に語っていた。

「政府チームによる『広報タイム』です。この時間は、政府チームの情報のみがページ内に流れます。画面にご注目ください」

広場の投稿が止まらないうちに、次の扇動を知らせるアナウンスが入った。政府チーム最後の広報。画面に映っているのは、香坂優花ただ1人だった。

「みなさんに、聞いてほしい話があります。今この時間が、私たちに残された最後のチャンスです」

香坂は、ひとつひとつ言葉を区切りながら、静かに語りはじめた。

「みんな、誰の言ってることを信じたらいいか、分からなくなっていると思います。実は、私もそうです。これが絶対正しい、なんて、そんなこと言えないです。島で起きたことも……どうしてこんなことが起きてしまったんだろうって、本当に辛くて、不安で、この状況でこんなことを言ったら、みんなに嫌われるんじゃないかって、今もずっと、怖がってます」

胸の前に両手を置いた香坂が、か細い声で言う。今井たちが流した「キャンバス島事件の真実」の動画には、直接言及しないでやり通す気らしかった。

「でも、私たちは、政府です。政府には、国民のみなさんを守る義務があります。怖くても、みんなに嫌われても、みなさんの命を守るために、決断しなくちゃいけません」

弱々しかった声が、「政府」という言葉を口にした瞬間から、少しずつ、芯のあるものに変わっていった。

「私は、戦争なんて、ほんとはしたくありません。国とか、領土とか、そんなこと考えないで、今日の晩ごはんは何かなぁって、ぼーっと考えていられる方が、そういう平和な毎日の方が、私は好きです」

香坂の声が、また申し訳なさそうに小さくなった。その態度は、とても広報官らしいとは言えなかったが、彼女が何も偽らずに自分の感情を語っていることは、敵である今井にも伝わってきていた。ほんの少しの間を置いて、声がぐっと暗いものへと変わった。

「でも、今は……今だけは、そうしてはいられません。イーゼル国が、私たちの国を攻めようとしているからです。私たちの島を、自分のものにしようとしているからです。ここでじっとしてたら、私にも、みなさんにも、平和な毎日は、ずっと返ってこなくなってしまいます。イーゼル国に侵略されて、私たち政府が壊されて、この国が支配されてしまったら、ぼーっとしていられる自由なんて、ありません」

「壊される」という言葉とともに、香坂は悲痛な表情を浮かべた。

「だから……今だけ、この瞬間だけ、私たちに力を貸してください」

香坂は、演説台に両手を置き、切実な眼でカメラを見つめた。

「私の話が終わったら、政府アカウントを見てください。今この瞬間に戦いをはじめれば、パレット国は、イーゼル国に勝てる可能性がとても高いです。でも、その決断が遅くなればなるほど、イーゼル国が有利になります」

そこまで言うと、香坂は一度目を閉じ、再びカメラを見つめた。

「ただ反対だ、嫌だと言っていても、イーゼル国が、急に出ていってくれたりはしません。武器を持った悪い人たちから国を守るには、良い人たちが、武器を持つしかないんです。私たちは、みなさんを守るために全ての力を使います。気持ちをひとつにして、イーゼル国を島から追い出しましょう」

香坂は、右手をぐっと握り、自らの胸にあてた。

「私たちを信じて、力を貸してください。私は……みなさんを、信じています」

熱を帯びた声。数秒間の余韻の後、画面が虹色に切り替わった。

「これで、政府チームの『広報タイム』を終わります」

機械的な女性のアナウンス。広場が反応するのと同時に、政府アカウントにも動きがあった。

Government
こちらのグラフは、パレット国とイーゼル国がキャンバス島周辺で局地戦を行った場合に、パレット国が勝利する可能性をデータ化したものです。
戦闘開始が遅れるにつれ、イーゼル国が周辺海域で行っている人工島の埋め立てが完了し「軍民両用の基地化」する可能性や、イーゼル国が開発を行っている最新兵器の実戦投入の可能性が生じ、パレット国が局地戦に勝利する可能性が減少していくことが分かります。

イーゼル国を打ち負かすには、今、行動を起こすしかありません。

政府アカウントが投稿した文章には、横軸が「戦闘開始時」、縦軸が「勝率」の棒グラフが添付されていた。「戦闘開始時」が将来に向かえば向かうほど、「勝率」の直線が縮んでいっている。広報官の香坂が「感情」を汲む役割を担った上で、政府アカウントがデータでその言葉を裏付ける。広場はゲーム終了時刻が近いこともあり、はじめて見る名前のアカウントも多数書き込みを行っていた。

淳@atsushi1214
勝てんならやろうぜ
いつまでも敗戦国敗戦国うるせぇし

なげきのエリー @MoaningEllie
この政府チームの女、さっきから頭悪くて嫌になる

本当に平和が好きなら、戦争はじめないでほしいんですが

牛肉 @125g
あんなかわいい子に「私を信じて」って言われたら、おっさんは応援しちゃいますわ

ありえ @arie_n
もうみんな別々のこと言ってワケわかんないから、いい人そうな方に投票しよ

京 @whoinside
悪いのは人んちに勝手にあがりこんで好き放題やってるイーゼルだよね
ああいう類の連中は黙ってると図に乗るから、一回態度で示した方がいいよ

斑駒 @thinktank
「人工島が完成すると戦況が余計に不利になる」という理屈は分かるが、その場合、「戦争が長引けばパレット国は負ける」ということにならないか？
雰囲気に流されず、客観的な事実を冷静に分析すべきだ

田中 @noname777
自分がいくら平和を望んでいても、相手が戦争を望めば平穏無事では済まない
「平和を守る」というのは、難儀なものだね

今井は広場の投稿から目を離し、落ち着かない様子でスマートフォン内の原稿を見直す櫟本に声をかけた。

「大丈夫だ。最後は、必ず正しい人間が勝つ。そうだろ」

櫟本は意外そうな顔を向けた後、ひとつ頷いた。レジスタンスの最後の扇動がはじまる。止まらない広場の投稿をかき消して、虹色が画面を覆いつくした。

「レジスタンスチームによる広報タイムです。この時間は、レジスタンスチームの情報のみがページ内に流れます。画面にご注目ください」

ゲーム開始から1時間59分が経過している。このゲーム自体でも最後の扇動。櫟本は、意を決した表情で今井の構えたスマートフォンの前に立った。思えば、レジスタンスはこの1個のスマートフォンで全ての広報動画を撮影して政府に対抗してきた。レジスタンスであることに誇りを持とう、今井はそんなことを考えながら撮影を開始した。

「レジスタンスの櫟本です。国民のみなさんに、最後のお願いです。私たちの望みはただ

ひとつです。戦争に反対してください。政府は、様々な理屈をつけて、イーゼル国との戦争を、仕方のないことだと思わせようとしています。他に選択はないと、そう思わせようとしています。でも、そうではないんです。必ず、他の道があります」

　樫本が首を振り、その鋭い眼を画面に向けた。

「『今なら勝てるから、戦争しよう』。政府チームの香坂氏が言ったことは、つまりこういうことです。私は、彼女の言ったことは誤りだと、そう断言します」

「誤り」という言葉に強いアクセントを置き、樫本は演説を続ける。

「必ず勝てるなら、戦争してもいいだろう。自分が痛くないなら、相手を殴ってもいいだろう。そんな考えにＮＯと言うのが、平和にとって必要なことです。勝てるとしても、戦争はいけないことなんだと、そう思うこと。相手の痛みを想像して、振り上げた拳を下ろすこと！　私はそれが、本当の勇気だと思っています」

　力強く振っていた左手の拳が、ゆっくりと開かれる。

「戦争をはじめるのは簡単です。ただ、終わらせるには、大きな痛みを伴います。私たちはそれを知っているはずです。お願いです。この戦争に反対してください。立ち止まる勇気を、持ってください」

　演説を終えた樫本の瞳は、わずかに濡れていた。カメラがその表情を大写しにしたところで、画面が唐突に切り替わり、チャイムが響き渡る。虹色の背景と、「ＰＡＬＥＴＴＥ」

の文字。

「後半戦の1時間が経過しました。両チームからの広報は、この時刻を持ちまして、終了となります」

SNS「パレット」からの無機質なナレーション。戦いが、終わった。一旦の間を置いて、再び画面が切り替わる。右側に青の「賛成」ボタン、左側に赤の「反対」ボタンが表示された。中央の下部には、「賛成」「反対」ボタンより一回り小さい「投票」ボタンが設置されている。

「これより、10分間の投票時間を設けます。パレット国民のみなさんは、画面に表示された賛成・反対いずれかのボタンを選んだ後、投票ボタンを押してください。投票のやり直しはできません。いずれのボタンも選ばずに10分間が経過した場合は、棄権とみなします。それでは、投票行動を開始してください」

19　最終投票

　SNS「パレット」に設置されたデジタル表記のタイマーが、着々と時間を刻んでいる。

官邸では、演説を終えた香坂を、チームメンバーがねぎらっていた。

「香坂さんの気持ち、みんなに伝わったと思う。本当におつかれさま」

　織笠がそう言って、香坂の手を優しく握る。

「あんなこと、言って良かったのかな。本当は戦争したくないなんて言わないで、もっと、自信満々にしゃべった方が良かったかな……あっちのチームの人みたいに」

　香坂自身は、レジスタンスチームの広報官・樫本の、確信に満ちた演説に畏縮している様子だった。

「いや、あの演説は素晴らしかったよ」

　意外なことに、そう答えたのは椎名だった。政府チームの3名は、部屋の隅にいた椎名に、訝しげな視線を送る。

「第2次世界大戦がはじまるとき、欧米の指導者は、口を揃えて『私は戦争を望んでいない』と言ったんだ。チャーチルも、ルーズベルトも、ヒトラーも」

　指導者たちの名前を聞き、香坂がさらに不安そうな表情をする。椎名は続けた。

「自分たちは戦争を望んでいない。相手が一方的に平和を踏みにじろうとしている。だから、私たちが立ち上がる。言い回しはオリジナルだけど、戦争をはじめる指導者は、驚くほど同じことを言ってる。全員が平和を望むなら、戦争になるわけないのにね」

椎名がニヒルな笑みを浮かべた。

「てっきり、後藤くんがそれを知っててアドバイスしたのかと思ったんだけど、違ったかな」

名前を出された後藤は、眉間に皺を寄せて返答した。

「最後の演説は、9割香坂が自分で考えている。俺が助言したのは、事前に購入していた勝率データの話だけだ」

後藤は、重要なのは「香坂優花というメディア」の持つ強みを最大限に生かすことだと考えていた。彼女の強さは、他人の感情を敏感に察知して、その感情を多くの人間に共鳴させられることだった。理屈でしか納得できない人間の相手は、後藤がすれば良い。こちらの返答に、椎名は大げさに驚いて見せた。

「へぇ、そう！　じゃあ、優花ちゃんはナチュラルボーンの扇動家なんだね」

そう言って椎名が、長い右手でさっと香坂を指し示す。香坂に嬉しそうな素振りは一切なく、むしろその表情は、怯えているように見えた。

「自分から『戦争しよう』と断言できる人間なんて、ほとんどいないんだよ。『相手にやられたら、やりかえそう』。これが一番のボリュームゾーンだ。優花ちゃんはここをしっかり捉えた」

「椎名くんは、結局どっちの味方なの」

織笠が、何も言えない香坂をかばうように、棘のある声をあげる。椎名は片眉をぴくりと上げた後、笑顔で答えた。

「僕は、平和を願う一市民だよ。優花ちゃんが自分の演説のパフォーマンスを心配していたから、ベストだったと教えてあげた。その感想に他意はない」

余裕の笑みを浮かべる椎名を見ながら、最後まで油断のならない男だと思った。後藤は香坂の名誉のために口を開くことにした。

「この男に同意するのは癪《しゃく》だが、香坂の演説は、大衆の感覚に近いものだった。政府の人間も、不安や恐怖を感じる、自分と同じ人間なんだと思える内容だった。おかげで、椎名が地に落とした政府への信頼感が、随分回復した」

椎名への当て擦りを忘れずにそう言うと、織笠も頷いた。

「広場も、香坂さんを応援する声の方が多かったと思う。レジスタンスが広場にしていた工作も、スパイのおかげで最後には機能していなかったようだから」

後藤と織笠の言葉を聞きながら、先ほどまで笑顔だった椎名の表情がやや曇る。

「まぁ、大差ということは、なさそうだね」

そう嘯《うそぶ》く椎名には反応せず、香坂は投票終了までのカウントダウンをじっと見つめていた。

「やりきったな」

樫本に向けていたスマートフォンを下ろし、今井はメンバー全員に言った。SNS「パレット」の画面から、制限時間終了のアナウンスと、投票に関するガイダンスが流れはじめ、レジスタンスのメンバーはしばし無言になる。

「樫本さんの演説、良かったよ。みんな最後の演説が、一番印象に残ったと思う」

10分間のカウントがはじまると間もなく、国友が声をあげた。

「ありがとう。あの限られた時間の中では、最善を尽くしたつもり」

樫本は前髪をかき上げ、応答した。

「『キャンバス島事件の真実』にも、政府は有効な反撃ができなかった。僕たちの主張は、しっかり市民に届いてるはずだ」

半ば自分に言い聞かせるような国友の言葉に、今井は無言で頷く。

「今井くんは、あんまりそうは思ってないみたいやな」

これまで黙っていた越智が、鋭い口調で言った。アジト全体の視線が今井に向いた。今井は、両手を後頭部に回しながら、越智の方へ身体を向けた。

「いや。俺たちの声は市民に届いた。それは間違いねぇと思うよ」

落ち着いた口調で返答する。

「越智さんの教えてくれた初頭効果と親近効果が効いてたな。俺たちにポイントを使わせることが目的だったんだろうけど、敵に塩を送っちまったわけだ」

強がりだと分かっていながらも、今井は越智に皮肉を込めて言う。

「んな余裕こいてられるほど、大差はついてへんと思うよ」

ぶっきらぼうに返答する越智に、今度は真剣な顔で頷いた。それは自分が一番よく分かってる。樫本の演説は、どこまでも正しく、感動的ですらあった。きっとスピーチの質だけを評価するコンテストなら、彼女の演説は香坂の何十倍もの得点を得られるはずだ。ただ、このゲームは演説の質を競っているわけじゃない。

「せっかくだから、一緒に見守ろうぜ。ゲームが終わったら、ノーサイドだ」

今井はそう言って、レジスタンスＰＣの画面を右手で示した。投票終了を知らせるデジタルタイマーは、静かに終わりへと向かっていた。

「投票時間が終了しました。これより、投票結果を集計します」

約束の10分間が過ぎると、ＳＮＳ「パレット」は淡々とアナウンスを再開した。この投票によって、パレット国が戦争に向かうか否かが決まる。その決定はゲームの世界で行われるものだが、政府チーム、レジスタンスチームの学生たちの現実には、多大な影響を及ぼすことになる。華美な演出もドラムロールもないまま、SNS「パレット」の画面には、白地に賛成、反対、棄権の文字のみが並んでいた。

「それでは、投票結果を発表します」

無感動な女性のアナウンス。ほんの少しの間を置いて、順に票数が表示された。

賛成　49票
反対　46票
棄権　 5票

画面に刻まれたのはほんの数文字の数字だったが、その数字が持つ意味は、あまりに大きかった。SNS「パレット」の画面全体が、青色に染め上げられる。

「イーゼル国との戦争開始の是非を問う国民投票は、賛成票が多数となりました。政府チームの勝利です。投票結果を受け、パレット国ではまもなく、戦争が開始されます」

SNS「パレット」のナビゲーターは極めて事務的に、投票数と、その結果が示す未来を告げた。

「パレットをご利用いただき、ありがとうございました。またのご利用を、お待ちしております」

　極めて一方的に情報が告げられ、画面を青色に染めたまま、ＳＮＳ「パレット」はその一切の動作を停止した。あまりにもあっけない、戦争開始の告知だった。

「嘘だろ」

　レジスタンスチーム本拠地「アジト」。呻くように声を漏らしたのは、国友だった。

「おかしいよ、こんなの」

　ディスプレイに表示された数字を見つめながら、樫本も感情を露わにする。今井と越智は何も言わず、投票結果が示された画面をじっと見つめていた。

「おつかれさまでした。結果は残念でしたが、みなさんはよく戦いました」

　タイミングを見計らって、これまで沈黙を守っていた石川が発言する。さらに何かを言おうとしていた国友と樫本は、一旦口を噤《つぐ》み、石川の方を見た。

「はじめに局長からあったように、最終選考のプロパガンダゲームは、その勝敗が全てではありません。ゲームの中で活躍した全ての学生に、採用のチャンスがあります」

　石川の口調が、はじめに全員の前で説明したときと同じ、機械的なものに戻っている。

「選考結果は、今月中にみなさまのアドレスへお送りいたします。本日中に、選考方法に関するアンケートもお送りしますので、よろしければそのアンケートにもご協力ください」

事務的な情報を伝えた後、石川は開始時と同様に、手首を返し、革製の腕時計を見た。

「本時刻をもって、最終選考は終了となります。役職カードを回収しますので、カードを私に手渡して、退出してください」

石川が自分の背後にあるドアを指した。アジト内の人々は、越智、今井、国友の順に椅子から立ち上がり、無言で出口を目指しはじめる。樫本が、まだ立ち上がれずにいる。はじめに立ち上がった越智が出ていきかけたところで、石川が再び口を開いた。

「ひとつだけアドバイスをしましょう」

アジトにメンバーたちが入ってきたときと同じ、少しだけくだけた口調。

「どのような結果が出たにしろ、このシステムの中では、その結果が正解です。正解をおかしいと思うなら、システムを変える努力をすることです。嘆くだけでは、現実は変わりません」

その言葉に、うなだれていた皆の頭が、ふっと上がる。その様子を見て、ほんのわずかに石川の口元がやわらいだ。

「いいゲームでした。あなたたちの今後を、楽しみにしています」

「賛成多数」

アナウンスで流れた言葉を織笠が繰り返す。

「俺たちが、勝ったのか」

青色に染まったSNS「パレット」の画面を見ながら、後藤は肩の力が抜けるのを感じていた。一瞬、沈黙が生まれた室内に、拍手音が鳴り響いた。

「おめでとうございます！　国民投票は賛成多数。政府チームの勝利です！」

拍手の主は、人事の山野だった。両手をわずかに丸め、規則正しく動作を続ける。その祝福に呼応する人々は「官邸」にはほとんどいなかったが、山野は、この状況に慣れているようだった。

「最終選考『プロパガンダゲーム』は、その勝敗が全てではありませんが、勝利という成果をあげたことはその人物を見る上でも大きく評価されます。胸を張ってください。みなさんは1つ、大きなことをやり遂げました」

山野が狐のように細い眼をさらに細めて、政府チームをねぎらった。

「選考結果は、今月中に電子メールにてみなさまにお送りする予定です。とても気になるところかと思いますが、もうしばらくお待ちくださいね」

山野は、登場時と寸分違わぬ笑顔を見せ、左手の腕時計に目をやった。

「本時刻をもって、最終選考は終了となります。選考方法に関するアンケートが本日中にみなさんのアドレスに送られますので、もしよろしければご協力ください。それでは、役職カードをご返却の上、退出いただければと思います。本日は本当におつかれさまでした」

山野はそう言って、深々と頭を下げた。釣られるように、政府チームの4人も礼をする。

椎名が真っ先に後藤に右手を差し出した。

「ナイスゲーム。またどこかで会おう」

後藤はその手を一瞥《いちべつ》した後、少し間を置いて握手を交わした。

「そのときは、仲間であり続けてくれると助かる」

破顔する椎名。後ろでは、織笠と香坂が連絡先を交換し合っている。

騙し騙され合う情報戦「プロパガンダゲーム」は、一度その幕を下ろした。

20 傍観者

電央堂本社の一室。マーケティング局部長の宮地誠哉《みやじせいや》は、ウェリントン型の眼鏡を片手であげ、ディスプレイをじっと睨んでいた。長時間の動画視聴で熱を持ってしまったノートパソコンを閉じ、会議室の硬い椅子に身を預ける。眉間を軽く揉んでいると、正面の扉がノックされた。

「どうぞ」

宮地が声をかけると、扉の陰から人事部の山野がいつもの笑顔を見せた。後ろには、仏頂面の石川もいる。

「あー、ちょうどいいとこだった。今観終わったよ。確かに、グループ39は良かったな」

率直な感想を伝えると、山野が満足そうに頷いた。

「部長もそう思われましたか」

「戦力が拮抗してたな。どちらのチームにも見せ場があった」

「ええ、本当に。40あるグループの中で、一番エンターテインメント性が高い選考だったと思います」

いつも通り、本心の見えない笑みを湛えたまま、太鼓持ちをする山野。

「石川はどう思った？」

先ほどから一言も発していなかった隣の石川に尋ねる。

「勝敗以外には、とても満足しています」

石川が、憮然とした表情でそう答えた。宮地は、その解答に思わず噴き出した。

「石川はさぁ、クールなふりして、意外と負けず嫌いだな」

アジトでの言動を思い返しながら、素直に思ったことを口にする。石川は表情を崩さなかったが、元からそういう人間なので仕方ない。気を取り直して、本題に入ることにした。

「で、2人を呼んだのは、ちょっと聞いてほしい話があってな」

「何でしょう」

改めて切り出すと、山野が即座に乗り気で尋ねてきた。その細い眼にじっと焦点を合わせ、宮地は自身の考えを口にする。

「この選考をな、テレビ番組にして売るって言ったら、お前らどう思う？」

発言を聞いた2人はしばし無言だったが、その沈黙の理由はお互い違うようだった。

「まず選考を受けた学生らにそのような許可を取っていませんから、現実的には不可能です。実行すれば、もれなく炎上します」

先に口を開いたのは石川だった。あくまで冷静に、こちらの提案を全否定する。その反応を見て、宮地は顔の前で小さく手を振った。

「いや、言い方が悪かったな。これまで撮ってた選考の様子を、そのまま流すなんて馬鹿な真似はしない。あの選考のルールを使って、そのまま番組を作ったら面白いんじゃねぇかって話」

「少々過激ですが、ハマれば人気が出そうですね」

悩んでいた様子の山野が、笑顔で頷いた。

「実際に番組を作る場合は、わが社で制作するんですか？　あまりに、リスクが高いと思いますが」

石川は変わらず冷ややかな声だ。電央堂の基幹となるビジネスは広告だったが、スポンサーの意向に合わせ、自ら番組制作に介入する場合や、子会社では丸ごと番組を制作しているケースもある。

「うちゃ子会社で直接制作するのがまずかったら、ネタに困ってる制作会社に吹き込めば食いつくだろ。そんときは、プレゼン代わりにグループ39の動画を見せてやればいい。あの選考を見れば、こいつはいけそうだと思うだろ。今井がスパイの投稿にキレるシーンなんかは、ＣＭ前の引きに使える。『Ｙｏｕ＆Ｉ』は番宣用の振りに出せる」

「もしあのゲームを番組として制作するとして、出演者は誰ですか」

石川が、あくまで冷淡に質問を重ねてくる。宮地は自分が選考される側になったような錯覚を覚えながら強気に答えた。

「まぁ、テキトーな芸能人出しとけば成立するだろうが、なるべく本物の学生でやりたい」

石川が明らかに難色を示しているが、気にせず続ける。

「今の視聴者はな、安いフィクションに飽きてんだよ。SNSをうまく使えば、簡単に他人のリアルを変えちまえる時代だからな。自分が何も関われないフィクションを眺めてるより、リアルで誰かを炎上させた方が断然面白い。そういう根性の奴らが、山ほどいる」

宮地は企業ブランディングに関わるプロジェクトを受け持つ中で、ネットの炎上事件についても詳細な調査を行っていた。はじめは「馬鹿が馬鹿を叩いてる」としか思わなかったネット上の炎上事件も、そのひとつひとつを追うにつれ、捉え方が随分変わった。ネット上の炎上事件は、一部の人間には娯楽コンテンツとして楽しまれている。

「だからな、この時代でウケようと思ったら、リアリティがなくちゃだめだ。広場に投稿する国民は全部素人でやる。参加することで学生の人生を変えちまえる。番組の結末も、自分で変えられる。どうだ、流行りそうだろ」

いわゆるデジタルネイティブは、他のどの世代よりも「真実性」を重要視する。演出だろうが何だろうが、制作者側に「嘘」があると分かった時点で、そのコンテンツを猛烈に叩き、少し時間が経てば興味を失う。奴らに支持されるには、奴らの基準で「ガチ」なものを出していく必要があった。山野が大きく頷いた後、自身の意見を述べた。

「究極のリアリティショーですね。就職も戦争も、このジャンルのテーマとしてはほとんど扱われたことはありませんから、穴場かもしれません」

「石川は？」

尋ねると、石川がつかの間の沈黙の後、朗々と答えた。

「継続性に疑問があります。番組に参加する学生全員が活躍するわけではありませんから、将来への影響を考えて出演を渋る学生が出るでしょうし、学生の絶対数を考えても、出演者を確保し続けるのが困難です。それに……」

「それに？」

石川はしばらく何も応答しなかったが、目を合わせないまま、静かに口を開いた。

「学生の人生を娯楽として消費するのは、誤りだと思います」

発言に驚いたのは山野だった。弾かれたように石川の方に目を向け、正気なのかという表情を見せている。レジスタンスチームばかり担当してきたことで、正義に目覚めちまったのか、とでも問いたげだ。宮地は表情を崩し、石川を諭すように語った。

「この会社にいてそれを言うかぁ。ＣＭでも番組でも、人の人生脚色して、パッケージにして山ほど売ってんだろうよ」

拾ってきた他人の生活から毒気を抜いて、防腐剤を注入して芸能人の皮で加工してやる。そうして生産されるＣＭや番組が、自分たちの食い扶持になっている。それは、この会社に長くいる人間なら理解していることだった。

「今、消費されない人生があるか？　俺たちがやらなくても、誰かがＳＮＳで勝手にやるぞ。だったら、しっかり金にしてやった方がいいだろ」

自分たちがクライアントを通して商売にしてやっているから、食えてる奴が山ほどいる。自分たちの商売を汚いもののように扱う奴らがいるのは知っているが、宮地には宮地なりの正義があった。

「学生が集まるか心配であれば、毎回役者かモデル志望の若い奴を数人入れておけばいい。それで数倍の期間、出演者がもつようになる」

「それでは、宮地部長がご自分でお話しされていた肝心のリアリティが担保できなくなるのでは」

即座に反発する石川。その指摘は表面的には間違っちゃいないが、宮地にはこれまでの仕事で培ってきた持論があった。すかさず右手を広げ、石川の顔の前に人差し指を立てる。

「いいか、石川、覚えとけ。リアルとリアリティは違うんだ。一般人が求めてるのは、リアルじゃない。自分に都合の良いリアリティなんだよ。あのゲームでもそうだったろうが」

突きつけた人差し指を、石川が憮然とした表情で見つめている。

「確かに、本物の学生を使わないことは、リアルには反する。でもな、メディアに乗せるコンテンツに、都合の悪いリアルは要らないんだ。俺たち広告代理店は常に、『リアルだと思いたいリアリティ』を大衆に提供する。これが恒久的にできれば、業界は１００年安泰だ」

そこまで言うと、宮地は再び椅子の背もたれにどかっと半身を戻した。

「だいたいな、お前らも分かってんだろうけど、あの選考方法は金がかかりすぎてる。番組にして売ってやって、やっとトントンだろ。渡部局長の趣味なんだろうが、よくあんな企画が通ったよな」

局長に話題が及ぶと、石川だけでなく、山野の方の反応も鈍った。とりあえず調子を合わせて微笑む山野を見ながら、宮地は抜け目のない男だと思う。

「手始めにグループ39のゲームを、そのままパッケージにして売りたいところだけどな。まぁ、それは石川のありがたいアドバイスもあるしやめとこう。あの今井って奴が良かった。俺の若い頃に似てるんだ」

先刻まで観ていた選考の動画を思い返しながら、正直に言う。これには、先ほどまで黙っていた石川が反応を見せた。

「終盤失速しましたが、彼は優秀なリーダーだったと思います。部長の若い頃に似ているかどうかは知りませんが」

「最後が余計だよ」

声をあげて笑い、そう付け加える。本音をずけずけと言う石川のことは、なかなか気に入っていた。

「結局、あのグループは誰が受かったんだ？　もう結果が出てるだろ」

グループ39の選考が行われたのは8月の初旬だった。10月も終わろうとしている現在なら、選考結果は全員に送付済みのはずだ。

「はい、グループ39の合格者は……」

山野が手元の書類を確認する。何を尋ねられてもいいように、選考に関する書類を持参してきたらしい。

「失礼します！」

ノックとほぼ同時に、会議室の扉が開いた。細身のスーツの若手社員が、血相を変えて入室してくる。ネームフォルダには「海部《かいふ》」という文字が見えた。

「石川さん、山野さん、渡部局長が、今すぐ局長室に来いと……」

「局長が？」

山野が短くそう言うと、宮地の表情を確認した。おかしい。共有しているスケジュールでは、局長はこの時間は本社にいないはずだ。

「なんかあったのか」

玉の汗をかいている海部に、宮地はなるだけ冷静に尋ねる。海部が、一度唾を呑み込んだ後、机の上にあるノートパソコンを指差した。

「『電央堂』で検索してみてください。ちょっと……ヤバいことになってます」

21 隠れ家

「飲み物、揃ったか？」

グラスを右手に持った今井の声が、部屋の隅々にまで響く。店舗を地下に置く個人経営の居酒屋。万が一にも電央堂の社員たちと居合わせたりしないよう、個室を予約で押さえていた。今井は、この会の共同主催者でもある国友が小さく頷いたのを見て、話しはじめた。

「えー、今日はお忙しい中、政府にレジスタンス、それにスパイのみなさんにもお集まりいただき、ありがとうございます」

口上を聞き、何人か笑い声を漏らした。

「なかなか物騒な集まりやな」

越智が今井のボケに冷静にツッコむ。

「え、スパイって誰？」

真剣な顔を繕って尋ねる椎名を見て、また何人かが笑った。

「まぁ、俺を含め、今日来てくれたメンバーは、ちょっとやんちゃが過ぎて某広告代理店とはご縁がなかったわけだけど、この国には『捨てる神あれば拾う神あり』っていい言葉もあるんで、何も落ち込むことはない。多神教は最高だな！」

電央堂からいわゆる「お祈りメール」が届いてから1か月。届いた当初は動揺もあったが、別の企業から内々定を得ていたこともあり、選考結果については踏ん切りがついていた。国友が噴き出す様子を見ながら、今井は今日の会の目的を思い出す。選考は終わった。だが、全てが片付いたわけじゃない。

「あ、そうだ。会の途中で国友からちょっとした話もあるんで、それもお楽しみに。じゃあ、今日はチームの垣根を超えて、楽しく飲もう。乾杯！」

皆がジョッキをかかげ、「乾杯」を唱和する。グラスの当たる、軽快な音。この場には、今井、国友、樫本、越智、椎名の5人が集まっていた。越智がぐいっとジョッキを傾けた後、くだけた口調で話しはじめる。選考時は団子に縛っていた髪を、今日は肩まで降ろしていた。

「しかしあれやな、スパイって役割は損やったわ。活躍すればするほど、『うわっ、性格悪』って思われるやろ。うち、ほんまはめっちゃ性格ええねんで」

今井は思わず声をあげて笑った。

「『めっちゃ性格ええ』の自己申告は、なかなか新鮮だな」

同じくスパイだった椎名が、微笑みながら越智に同調する。

「損な役回りではあったよね。いいアドバイスができる状況でも、侵入先のチームにどこまで貢献したらいいんだろうって気持ちが、常にバリアになってたから」

スパイ談義に椎名と越智が花を咲かせる。今井は再びビールジョッキを口に運びながら、ふと思い出したことを口にした。

「役回りって話だと、イーゼル国の国家首席。あいつ、結局何してたんだ」

何人かが「あぁ」と声をあげる。

「そういえば、出てこなかったね。ガイウスだっけ」

国友が名前を口にしたことで、脳裏に３Ｄで構築された鷲鼻と厳めしい表情が蘇る。その姿には、若干のなつかしさすらあった。

「あぁ、そうだ、ガイウス。あんだけいかつい見た目で出てきて、結局何もしてねぇよな」

今井が冗談めかして怒りの声をあげると、越智が小さく声をあげて笑った。

「ガイウスのおっさんがめっちゃ好感度高かったら、レジスタンスはもう少しええ試合できたかも分からんな」

「だよな。仕事してくれよぉ、ガイウス」

そう言って大げさに机に突っ伏する。

「もしかしたら、俺たちが買わなかった情報素材で大活躍してたんじゃないか。たまにＲＰＧなんかで、イベントをスルーしちゃって仲間にならないキャラがいるだろ。たぶん今回のガイウスは、そんな感じだよ」

国友が口にした説に、椎名がしみじみと頷いている。

「ガイウスさんは、まだ僕たちのこと、健気に待ってくれてるかもしれないね」

そう言う椎名の神妙な顔が、よりおかしさを誘う。ゲーム中に両チームからスルーされて、ヤギに囲まれたまま待ちぼうけを食らうガイウスの姿が頭に浮かんだ。

「なんか、ガイウスが愛おしく思えてきたな」

何人かが頷いたところで、これまで会話に参加していなかった樫本が口を開いた。

「損な役回りって話だと、レジスタンス自体がそうだったと思うんだけど。政府って言葉はほとんどの人たちが毎日のように聞くし、知らないって人はほとんどいないでしょ。でも、レジスタンスって言葉はどう？　ほとんどの人が知らないじゃない」

「まぁ、ゲームオタクと政治オタク、あとはガチで赤いチームの人たちしか知らねぇだろうな」

硬い口調で語る樫本を宥《なだ》めるように、今井は意図的にのんびりと言った。バックパッカーをしていた頃に、地域によっては「レジスタンス」という単語を聞くことはあったが、日本で暮らしているだけでは、まず聞かない単語だろうと思う。

「昔からなじみがあるって、投票ではものすごく大切な要素でしょ。そういう意味で、レジスタンスチームは、はじめからハンデを背負ってたようなものだと思うんだけど」

樫本は、ゲームの運営と結果にかなり不満があるようだった。レジスタンスという単語に一般的な知名度がないことは確かだが、今井は、そのことがゲームの結果を左右したとは思わなかった。

「つったって、もっといい名前あるか？　『野党チーム』とか『反体制チーム』とか、もっと派手に負けそうな名前しか、俺は浮かばねぇけどな」

投げやりにそうちゃかして、ジョッキに残ったビールを飲み干す。会場の雰囲気が徐々に懇親会的ではなくなっていることを感じ、これ以上シリアスにはしたくないと思った。

「樫本さんの言うことにも一理あるけど、僕は『レジスタンス』って響きにロマンを感じてたタイプだから、一概にマイナスイメージだったとは思わないけどね」

椎名が樫本に気を遣いつつ、諭すような口調で言った。確かに、「反体制」みたいな言葉に比べたら、「レジスタンス」という単語は上等に聞こえる。樫本は、まだ何か納得のいかない表情を浮かべていた。

「これは正直に聞かせてほしいんだけど、ここにいる人たちは、あのゲーム、本当に公平だと思った？　もっと言うと、選考として、あの形式は正しかったと思う？」

選考時と同じ歯切れのよい声で、樫本が個室にいる全員に尋ねた。グラスを口に運ぼうとしていた国友の手が止まる。他の参加者たちの動きも、少し鈍ったのが分かった。

「そういう真面目な話は、もっと後でしようと思ったんだけどな」

空のジョッキの底を見ながら、今井は小さくぼやいた。今日の会は、ただの飲み会じゃない。それは国友と事前に打ち合わせて決めていたことだ。ただ、一度あの話をはじめたら、元の雰囲気には戻れない。今井にとっては、そのことが気がかりだった。偽りの平和でも、一人一人にとっては平和には変わりない。樫本や国友がつきつけようとしている正しさが、今井にはひどく凶暴なものに思えた。そんな心配をよそに、国友が意を決した様子で口を開く。

「実は今日、その話もしようと思っていたんだ。端的に言うと、あの選考……『プロパガンダゲーム』には、僕たちに知らされてないカラクリがあるんじゃないかって話。今井くんには事前にそのことも伝えて、その上でみんなを集めてもらった」

国友が丁寧な口調で、今日の会を企画した真の目的を語りはじめる。結局、はじまっちまった。心の中でため息をつく。樫本が、強く興味を惹かれた様子で国友の方を見つめていた。

「樫本さんの疑問に近い気持ちは、僕にもあったんだ。だから改めて聞きたいんだけど……みんなはあの選考、何かおかしいと思わなかった？」

押しつけになってしまわないよう配慮してか、国友が努めて落ち着いた口調で全員に尋ねる。はじめに口を開いたのは、椎名だった。

「まともかどうかって言われたら、かなりクレイジーな部類だったと思うけど、今はどこの企業も選考方法で苦労してるらしいからね。こういうベクトルのものもあるんだな、くらいに僕は思ってたけど」

　ゲーム時同様に横文字を交えながら、椎名が感想を口にする。どちらかを悪と断じたりしない、バランスのいい発言だった。その言葉に、越智が続く。

「スパイやっとった身としては、これ、スパイの学生には何求めてんねんやろ、とは思ったけどな。盗聴って、広告代理店に必要な能力ちゃうやろ」

「僕は、言葉を切り取るセンスを試しているのかな、と思った。あとは、限りなくアウェイに近い顧客のところに行って、言質を取ってくる練習とかね」

　椎名の言葉に、越智がハッと息を吐く。

「それはまた、だいぶニッチな練習をさすな」

　国友が2人の意見に頷き、発言が途切れたところで発言した。

「うん。スパイって役割もそうなんだけど、本当にシンプルな疑問としては『内容が政治的すぎないか？』ってことなんだよ。普通の民間企業は、そういう話題、避けないか」

　品の良い口調で一人一人の目を見ながら尋ねる国友。誰もその問いかけにすぐに反応しない様子を見て、今井は口を開いた。

「そこは国友の考えすぎだと思うけどな。政府もレジスタンスも、あくまでゲームの中の役割だろ。遊びでケイドロをやってる子どもに『彼らは国家権力に近いんじゃないか』とか疑うようなもんだよ」

「人間は政治的動物だ」なんて言葉が表すように、人間社会で起きる大抵の物事には、その気になれば政治を絡めることができる。「政治的だ」という難癖は、相手にするだけ無駄だというのが今井の考えだった。

「でも、ゲームの目的自体が『戦争に賛成か反対か』だろ。これで政治的じゃないってのは、ちょっと無理があるよ。単に広報のうまさを競うなら、『パン派』と『ごはん派』に分けるだけでもいいはずだから」

越智が「ケイドロって何や？」と小声で隣の椎名に尋ねているのを横目に見ながら、国友が自身の考えを披露する。今井は内心「パン派とごはん派」という選択肢もいくらでも政治的に捉えられると思っていたが、口を開く前に、別の方向から声が聞こえた。

「国友くんは、なんで電央堂が、あんな選考をやったと思うの」

これまで黙って聞いていた樫本が、鋭い口調で尋ねた。部屋にいる全員の視線が、一斉に国友に集まる。あまり結論を先延ばしにしない方が良いと感じたのか、国友は自身の仮説を慎重な声で披露しはじめた。

「僕は……あの選考は、政府から戦争用の広報を依頼された電央堂が、その担当者を採用するために、作ったゲームなんじゃないかと思ってる」

言葉が発せられると、個室内は、ここが居酒屋だということを忘れてしまうくらい、完全に静まり返った。

「ディストピア小説の読み過ぎだって、俺はこいつに言ったんだけどな」

雰囲気に耐えかねた今井は、まさにこの空気が嫌だったんだと思いながら、わざとおどけた口調で言った。だが、賽は投げられてしまったようだ。

「でも、ありえる話だと思う。そう考えると、納得がいく」

真剣そのものの表情で、樫本が国友の意見に同調した。

「国友くんはさ、なんでそう思うようになったん？　ゲームの目的が『戦争の是非』やからって、それだけで、んな大層なこと断言したりはできへんやろ」

越智の疑問に、もっともだという表情で数人が頷いた。

「はじめにおかしいなって思ったのは、あの最終選考へのお金のかけ方なんだ。情報素材を作るだけでもけっこうなお金がかかるし、政府チームに揃ってた機材の話なんかを聞くと、やっぱり100人程度を採用するにしては、予算がかかりすぎてる。政府チーム、レジスタンスチームの環境を整えるだけで大変なのに、さらに実験に参加していた市民100人にも、毎回謝礼を払ってたわけだろ。最終選考全体の様子を見て、この選考自体に、誰かスポンサーがいるんじゃないかと思った」

「あの局長のおっさんが単にアホで、金のかけ方を一桁くらい間違ったんやないの。はじめの挨拶も、だいぶキてる感じやったろ」

越智がどこまでも率直に自分の意見を述べる。

「その説、いいな。平和的だ」

実際、今井の考えは越智の意見に近かった。今回の件は、大学の講義で教授が話していた『ハンロンの剃刀』という警句に当てはまるような気がする。「無能の一言で充分説明できることに、悪意を見出すな」。電央堂が悪意を持って選考を行ったというより、単にあの局長が無能だったたという説明の方が、今井にとっては納得感があった。樫本が、今井のぼやきを一切気にせず、国友に向けて質問する。

「つまり、政府がスポンサーになってたってこと？」

「僕は、その可能性が高いと思ってる」

樫本が口元に手を当てて、深く考えこみはじめた。

「今の与党のPR戦略を担当しているのは電央堂だから、一応、筋は通るね」

これまで議論を静観していた椎名が、そう言って軽く腕を組んだ。

「せやけど、例えばあの選考でな、レジスタンスばっかり圧勝しとったらどないすんねん。政府を批判すんのがうまい奴らばっかり活躍しても、電央堂はそいつら採用せんといかんやろ。そないなったら、政府にとっては何もええことないで」

鋭い指摘だったが、国友はそのことについても事前に仮説を立てていたようだ。

「元からあの選考、政府チームしか勝てないようになってたんじゃないかな。そうすれば、レジスタンスの人をほとんど採らなくて済むよね」

個室内が、再び静寂に包まれた。

「え、どゆこと？」

間を置いて、越智が尋ねる。部屋にいる他の学生たちも、一様に眉をひそめていた。

「最終投票のときの投票数、みんな覚えてる？」

樫本が即座に反応した。

「賛成49票、反対46票、棄権５票」

「よく覚えてんな」

記憶力に、今井は舌を巻く。

「本当に悔しかったから、覚えてから帰ったの」

樫本が目を合わさず、淡々と答えた。樫本の、あのゲームへの執着度は相当なものらしい。

「うん、結果は樫本さんの言ってくれた通りなんだけど……この数字、変だと思わなかった？」

「変って、何がや」

国友の問いかけに、越智が尋ね返す。

「中間投票のときは、誰も棄権者がいなかった。それなのに、最終選考では、５人も棄権者が出た」

越智の目をじっと見つめながら、国友が当時の状況を整理した。越智は、言いたいことを理解したようだった。

「つまり君は、票の操作を疑ってるんか」

大きく頷いた後、国友は自身の推論を口にする。

「レジスタンスが勝ちそうなときは、その勝ち越しの分だけ、自動的に棄権票にしてしまう。そうすれば、政府チームの勝ちは揺るがない」

国友がそう言い終わるか終わらないかのうちに、樫本が発言した。

「じゃあ、私たちのゲームの本当のスコアは、賛成49対反対51？」

「そうだね。僕はそうだと思ってる」

そこで、今度は椎名が疑問を呈した。

「それはどうかなぁ。普段の投票率って、国政でも50％前後だろ？　１００人いたら、５人くらい棄権者が出るのは自然だし、むしろ少ない方だと思うけど」

「普段の投票とは、ハードルの高さが全然違うじゃない。今回の投票は、パソコンの目の前でボタン１つ押すだけで良かったんだよ？　そのタイミングになるまで２時間以上も自分の時間を使ってるんだから、最後に棄権を選ぶなんて、やっぱり不自然だと思う」

「せっかくの謝礼もなくなるしな」

椎名の疑問に、すぐさま樫本が異論を唱え、それに越智が同調する。今井も、国友の説に言いたいことは多々あったが、今は黙って議論を見守ることにする。女性陣の意見に頷きつつ、椎名は粘り強く反論しはじめた。

「うん、投票行動のハードル自体は低いかもしれないね。ただ、テーマは『戦争の是非』という極めてハードルの高いものだった。自分の身に置き換えて考えたときに、普段から全然投票に参加したことがないのに、『この投票で、この国が戦争するかどうかが決まります』なんて言われたら、正直、怖気づいてしまってもおかしくはないと思うんだよね。普段の世論調査でも、日本人って『どちらともいえない』という回答が異様に多いだろ？」

椎名が事例を交えながら、丁寧な口調で持論を述べた。理性的な意見に、今井は大きく頷く。

「はじめ国友からこの話を聞いたときから、俺もこの仮説には大反対してる。自分に都合よく考えすぎてんだよ。俺たちは、明らかに負けてた」

「どうしてそう思うの？」

同じくレジスタンスチームだった樫本が、すぐさま食ってかかってくる。その様子を見ながら、今井は選考の場でのやりとりを思い出した。あのとき、自分が折れたのはやっぱり間違いだった。今日は持論を貫き通そうと決意しつつ、言葉を返した。

「後半戦の俺たちの広報はな、まず何より、面白くなかった。それに、具体的な対案がなかった。あの広報じゃ、逆転されて当然だ」

「何？　またコスプレすれば良かったたって話？」

樫本がヒートアップしてきたのを感じ、少し声の調子を抑える。

「いや、そうじゃない。あんときの俺はどうかしてた。そこは謝る」

議論が台無しにならないよう謝罪を口にした後、顔色を窺いながら再び語りはじめた。

「戦争以外の明るい解決策を示すことが、俺たちレジスタンスが一番やらなきゃいけないことだった。それをやれないまま、『彼らのやり方は正しくない』『他に道がある』しか言わなかったろ。だから俺たちは逆転された。もちろん、自戒をこめて言ってる」

今井は、樫本を激昂させないよう言葉を選びながら、後半戦の反省を口にした。

「それは一理あると思うけど……明るい解決策って、例えば何があったと思う？」

国友が、今井の眼を見据えたまま、ゆっくりと尋ねる。

「前半戦の最後に、キャンバス島周辺には海底油田が大量にあるって話が出たろ。例えば、キャンバス島油田の採掘プロジェクトを、イーゼル国と共同で立ち上げると宣言する。こうすれば、領土紛争の話は立ち消えて、お互いに利益のあるシステムが作れる」

そう言って今井は両手を組み合わせた。戦争という強烈な「魅力」を持つイベントを止めるためには、別の夢みたいなプロジェクトが要る。それがゲームを戦い終えた今井自身の実感だった。だが、その主張に、隣の越智が首をひねる。

「それこそ、君がゲーム中に言ってた理想論やと思うけどな。『自国の領土なら、石油なんか総取りできて当たり前なのに、なんでイーゼル国なんかと一緒にやらなあかんの？』

くらいが、一般人の感覚やと思うで」

どこまでもリアリストを貫く越智の推察に、周囲の数人が頷いた。「まぁ、それはそうだが」と前置きした上で、今井は自論を補足した。

「あのゲームが終わった後、いろいろ考えたんだけどな……ゼロサムゲームを続ける限り、行き着く先は戦争なんだよ。それを止めるためには、分け合うって発想が必要になる」

もしあのゲームに続きがあり、パレット国がイーゼル国に戦争で勝利したとしても、その先に幸せな未来があるとは思えなかった。それがいつになるかは分からないが、「奪われたキャンバス島」を取り返すために、イーゼル国は再び戦争を仕掛けてくる。奪う発想をやめない限り、その報復に終わりはなかった。

「もしかするとな、俺たちが共同開発の話をすると、イーゼル国のガイウスが出てきて、協力してくれるって設定になってたのかもしれない。与えられた選択肢をうまく使えば、俺たちが勝つ方法も、きっとあったんだ」

今井は、あの選考があくまで公平なものだと信じていたが、部屋の様子を見る限り、その意見は少数派になりつつあるようだった。

「パーセンテージとしては、相当低いんじゃないかな。100ポイントを優に超える素材という存在も、ポイントが豊富な政府側に有利な設定だと感じたし、フラットに判断しても、あのゲームは政府チームの方が有利な設計ではあったと思うよ」

椎名がそう言うのを聞いて、国友はわずかに自信を強めたようだった。

「うん。僕もそう思う。……それに他にも、俺が政府の関与を疑ってる理由はあるんだ」

ゲームの不公平さについてある程度納得してもらったと感じたからか、国友が別の疑惑に話題を移しはじめた。

「このゲームが採用された経緯には、おそらく、選考が始まる前に出てきた渡部局長が関与してる。だから、このゲームの意図を把握するには、あの局長の発言を追うのが重要だと思った」

「まぁ、めっちゃ偉そうやったし『俺がやったった』感はあったな」

越智は、電央堂の渡部に対して相当なマイナスイメージを抱いているらしかった。

「ゲームの前、彼がはじめに何て言ったか覚えてる？」

誰も答える様子がないが、今井はなんとなくその内容を覚えていた。

「プロパガンダはどこにでもあるとか、能無し芸能人の名前なんて覚えなくていいとか、過激なこと言ってたな」

「たぶん、能無しまでは言ってなかったと思うよ」

椎名がやんわりと否定する。国友はその様子に微笑みながら、確信に満ちた口調で言った。

「『これから最後の選考を受けてもらう。ここで問われるのは、宣伝という行為への根本的な理解と、その理解を実行に移す胆力だ』。彼はこう言ったんだ。この胆力って言葉が僕はずっと引っかかってた」

「胆力なぁ……普段からガンガン使う言葉とはちゃうけど」

越智は、その言葉自体にはそこまで違和感を覚えていないようだった。

「確かに、この単語だけだと大した意味はなさそうなんだけど、あの局長が最後に言った言葉も合わせると、意図が見えてくる」

「君はあれか、局長マニアか何かか」

越智がちゃかす気持ちも分かる。国友が、その後も渡部局長の言葉を引用して自分の主張を伝えた。

「『あらゆる手段を用いて人々に訴え、顧客を支持する世論を作り上げる。これが宣伝という仕事だ。情報化された現代社会では、顧客にあらゆる人間が想定される』。……渡部局長は、こう言ったんだ。はじめから、顧客には常識的にはありえないような人たちがいる可能性を匂わせてた」

その言葉を聞いて、手で口元を覆ったまま沈黙していた樫本が、はっと顔を上げた。

「つまり、顧客の『あらゆる人間』というのが、戦争プロパガンダを要求する政府だったってこと？」

国友が、核心について触れはじめた。

「渡部局長が言う電央堂の『顧客』というのが政府で、必要とされていたのは、国を戦争に導く『胆力』だった。こう考えれば、どうしてあのゲームが選考として採用されたか、分かると思わないか」

はじめはどこか他人事のように聞いていた椎名、越智、樫本の表情が、今は深刻なものへと変わっている。室内は、静かな熱気に包まれていた。

「あの選考は、ウォーミングアップだった。国友くんが言いたいのは、そういうことかな」

椎名のその言葉からは、わずかな緊張が伝わってきた。国友が首をひとつ縦に振り、自身の考えを一気に吐き出す。

「軽い気持ちで広告会社に入った後に、『国を戦争に導くための広報をしろ』なんて言われたら、それこそ怖気づくだろ。だから最終選考で……『プロパガンダゲーム』で、予行練習をやったんだ。政府チームで戦い抜いた人たちは、架空のものであっても、国を戦争に導く経験を持った人材になる。その学生たちには、少なからずプロパガンダの才能と、それをやりきる胆力があることになる」

乾杯した頃とは一転した空気が、個室内を覆っている。語り続けるにつれ、国友の表情は強い危機感を帯びてきていた。

「僕はこの国で、恐ろしいことがはじまってるんじゃないかと思ってる」

国友が、自身の危惧を率直に口にする。しばらくの間、誰も何も言わなかった。

「……というのが、国友の考えな」

重い空気を払拭するように、今井はとりわけ明るい声で言った。

「そういう見方もできる。でも、そうじゃない可能性もある。あの渡部っておっさんが自分の趣味全開で、採算度外視であの最終選考を採用して、今回はたまたま政府チームが勝って、だから政府チームの学生が多く採用された。こういう見方だってある。石川さんもそうだけど、俺にはどうも、電央堂の人らがそんなにあくどいことを考えてるとは思えねぇんだわ」

一気にそれだけ言うと、国友に目を向けた。

「俺には、あのおっさんの言ったセリフをやたらと暗記してる国友の方が恐ろしいけどな」

「それは……」

国友が何やら思案しているところで、個室の入口に新たな人物が入ってくるのが見えた。室内の視線が、一斉にその人物へと向かう。

「遅くなった」

ぶっきらぼうに一言だけ発言しながら入ってきたのは、後藤正志だった。

「あれ、後藤、今日は来れないって」

この会の幹事役をしている今井には、後藤は欠席だと伝えられていた。その後藤が現れたことに、何やら不穏な予感を覚える。

「ちょうど良かった、今から話すところ」

「どこまで話したんだ」

「『プロパガンダゲームの真の意図』みたいな話が終わったところ」

「それなら、確かにちょうどだな」

後藤は、そう言って一度頷く。今井は、国友から「あの選考について、僕からみんなに考えを伝えたい」と言われ、あくまで前半はただの懇親会にすることを条件に、この会を企画していた。これから先のことは、何も伝えられていない。

「今井くんが言うように、電央堂にいる人たちは局長を含めて少しおちゃめなだけで、善意に満ちた人たちかもしれない。でも、僕は、組織としては非常に危険な存在になりつつあると思ってる」

国友が、熱を帯びた口調で自身の懸念を口にした。所属する一人一人が望まなくても、トップが決定すれば、組織はその仕事を進めなくてはいけない。国友は、個人が信用できたとしても、組織は信用できないと言いたいらしかった。

「無垢な学生たちを分断して、国を戦争に導く広報をさせる。あの選考自体、学生たちにトラウマを与えうる危険な選考形態だ。そうは思わないか」

言葉を聞きながら、今井の脳裏には「キャンバス島事件」の後に演説台に立った、香坂の暗い瞳が蘇っていた。あの選考が、参加者の心を傷つけなかったと言えば嘘になる。ただ今井には、人が全く傷つかない選考なんてものがあるとも思えなかった。

「問題がなかったとは思わねぇけど……あったからって、どうすんだよ」

国友が何か企んでいることを察し、今井は警戒した視線を送る。

「だから、彼らが企画した最終選考の内容を、『プロパガンダゲーム』の存在を、社会に暴露する」

22　ジャーナリズム

個室内がにわかにざわつく。反応は即座にいくつもあった。

「いやいやいや、第一、選考のはじめに宣誓書をしっかり書いたやろ。選考の内容を外に漏らしたら、内定取り消しプラス法的措置も検討されんで」

メタルフレームの眼鏡をかけ直した越智が、動揺した口調で言った。

「僕たちは選考に落ちた後だから、電央堂への内定の話は関係ないけど……広告業界第1位の電央堂でそんなことやったら、広告業界での就職は絶望的だよ」

椎名は一歩引いた視点で、国友を説得するように言う。

「そうだね。だから、就職先は自分で作る」

「国友、話が見えねぇぞ」

懇親会は、全く予想していなかった展開を見せていた。国友は、「プロパガンダゲーム」による選考自体を暴露した上で、さらに何かを企んでいる。

「みんなに質問。政権与党Aと広告代理店Bが蜜月関係にあって、政権交代が起きたら広告代理店Bの仕事の大多数がなくなる場合、広告代理店Bは、政権与党Aの支持が凋落するようなスキャンダルに対して、どういう行動を取ると思う？」

「国友さ、それ伏せ字にする意味あるか？」

「要は、保守党からヤバいスキャンダルが出そうなときに、電央堂はどうするかって話やな」

今井に続けて、越智が明け透けに言うのを聞きながら、国友は何も言わずに微笑んでいる。

「そのスキャンダルが広がらないように、普段から取引のあるテレビ局各社にアプローチして対策を取るだろうな。もしくは、別のセンセーショナルな話題を用意して、大衆の目を逸らすか。ゲーム中にも、俺たちがやろうとしたことだ」

要点を簡潔にまとめた後藤の説を、椎名が補強した。

「OB訪問の際にも聞いたけど、労働党側とタッグを組んでた博通は、政権交代のあとボロボロだって噂は各所で回ってるからね。その現状を知ってるからこそ、電央堂には今の政権を死守したいって願望はあるかもしれない」

「電央堂がマスメディアに強力な影響を保持している限り、保守党政権にとって致命的な情報は、マスメディアでは黙殺される。あなたが言いたいのは、そういうことでしょ」

それまでの議論を聞いていた樫本が、確信を持った口調で言い切った。不正を嫌い、義憤を感じやすい彼女からの援護射撃に、国友は満足げに頷いた。

「民放のテレビ番組内でジャーナリストを気取ってる人たちも、その番組を成立させている広告業界や、スポンサーの大企業に不利なことは発言しない。そういうことは、すでに起きてる。ただ、電央堂の勢力がさらに拡大して、現政権との結びつきも強まると、このタブー視される業界に『保守党』も仲間入りしかねない」

「そうなったら、本物の独裁国家ね」

国友が抱いているらしい危惧に、樫本はかなりの現実味を感じているようだった。

「いや、待て。国友、お前さっきから電央堂と保守党を悪の権化みたいに扱ってるけどな、若干妄想が入ってきてねぇか。現に最近だって、保守党議員のスキャンダルなんてクソほど出てきて、テレビでも散々叩かれてるだろ。今日の朝だって、保守党の議員秘書がJKガールズバー通いしてたとかニュースで言ってたろ。全然、タブー化なんかされてねぇじゃねえか」

労働党への政権交代後、しばらく鳴りをひそめていたマスメディアの「スキャンダル攻勢」は、最近になって明らかに勢いを増している。スポンサー批判のタブー化は理解できても、保守党批判がタブー化される未来は、今井には想像し難かった。

「あれは、ダメージコントロールだ」

言い淀む国友に代わって発言したのは、後藤だった。ダメージコントロール？　今井がその真意を尋ねる前に、逆に、後藤から尋ねられた。

「その『JKガールズバー通い』のニュースを見て、今井はどう思った」

後藤が真顔で「JKガールズバー」という言葉を使うのが内心おかしかったが、今井も真剣な面持ちで返答する。

「どうって、マスコミはまたくだらねぇことを取り上げてんなと思ったけど」

「そうだ。くだらないと思ったろ。保守党へのイメージは悪化したか？」

「いや、別に」

そう返答してから、今井は後藤の意図に気づいた。確かにスキャンダルには違いないが、支持率に深刻な影響を与えるようなものではない。

「視聴者には『マスコミはまた保守党の批判をしている』というイメージを持たせた上で、保守党には致命的なダメージを与えない。だから、ダメージコントロールだ」

後藤の指摘に、椎名は強く共感したようだった。

「『マスコミに叩かれながらも国のために尽くす政党』というのが、保守党のブランディングイメージなのかもしれないね。そのイメージを作り出せるように、電央堂がブランディング戦略のコンサルタントを行っている。いわば、情報化社会の軍師だね」

やや興奮した様子でそう語る椎名の表情を見ながら、今井は、その想像にはいまいち乗れずにいた。椎名が語る「保守党のブランディングイメージ」はあながち間違いではなさそうだが、その全てが電央堂の仕業というのは、無理があるように思えた。

「みんな、電央堂を買いかぶりすぎじゃねぇか？　保守党にとってヤバいニュースも、ちゃんとテレビで流れてる気がするけどな」

今井が懐疑的な態度を崩さないでいると、後藤がこちらに見せつけるように、黒い事務鞄を机上に置いた。

「どうして保守党のスキャンダルは、致命的なものが出ていないと断言できるか」

全員の視線が集まる中、後藤が鞄から1枚の茶封筒を取り出した。その封筒を胸の前に小さく掲げ、硬い表情で全員を見る。

「保守党に深刻な影響を及ぼす醜聞が、世に出ないでここにあるからだ」

後藤は封筒を国友へと差し出すと、あくまで冷静に言った。

「首相のものはないが、党幹事長と防衛大臣のものが入ってる。党の上層部にとっては公然の秘密だったが、マスメディアの人間は、何も知らない。自由に使ってくれていい」

後藤の宣言を、今井は信じられないような気持ちで聞いていた。党三役と現役閣僚のスキャンダルであれば、社会的には、トップニュースレベルの価値がある。

「でも、そんなことしたら、後藤くんのお父さんが……」

椎名が心配そうに言う。今井は選考後に知ったことだが、後藤の父親はあの後藤正義だと言う。封筒内のスキャンダルの情報源は、まず間違いなく後藤の父親だろう。もし情報が明るみに出たら、その父親も、ただで済むとは思えなかった。

「親父はあの会見の後、党から完全に見放された。大抵の落選した有力議員は、党の職員として仕事を与えられる。親父には、それすらなかった。下手に任用して、週刊誌から追及されるのを嫌ったんだろう」

淡々と語る後藤の目は完全に据わっていて、今井にはその落ち着きが恐ろしかった。口にこそしなかったが、この情報提供が、後藤と父親による「保守党への復讐」であることは明らかだった。

「『最高の愛国心とは、自国が不名誉で、悪辣で、馬鹿みたいなことをしているときに、それを言ってやることだ』。親父はそんな言葉を引用していた」

「ジュリアン・バーンズね」

樫本が、とっさに引用元の作家名を口にする。実際、この情報が表に出れば、党が後藤正義とその周辺を疑うのはまず間違いなく、安易に決断できることではないはずだった。

「ありがとう。最大限、効果的に使わせてもらうよ」

少し躊躇する素振りを見せていたが、結局、国友は丁寧に礼を言って茶封筒を受け取った。

「使うって？」

会話を聞いていた樫本が、当然の疑問を口にする。

「前置きが長くなっちゃったね。就職先は自分で作るって言ったけど、つまり、僕の計画はこうだ」

一呼吸置き、国友が今日の会の本当の目的を明かした。

「国や大手企業にとって不利でも、社会にとっては有益な情報を暴露できるネットメディアを新たに立ち上げる。そのローンチの瞬間に、電央堂の最終選考『プロパガンダゲーム』の実態と、後藤くんが提供してくれた保守党の重大スキャンダルを同時に公開する」

樫本が短く息を呑んだ。

「自分が抱いていた違和感を紐解きながら、自分を取り巻く環境と繋ぎ合わせていくうちに、紡ぎ出されたのがこの答えだったんだ。糺《ただ》されない罪を、正すメディア。公開はこれ以上ないくらい、センセーショナルなものにする」

「日本版ウィキリークスみたいなものを作るってこと?」

しばしの沈黙の後、椎名が尋ねた。

「性格は近いけど、システムは違うよ。誰でも投稿したりはできない。専属の記者も置いて、ウィキリークスより、ジャーナリズム性を持ったものにする」

「ジャーナリズム性って、つまるところ何だ」

今井には、ジャーナリズムという言葉がどうも胡散臭く聞こえた。だが、国友の中には明確な答えがあるようだった。

「『ジャーナリズムとは、報じられたくないことを報じることだ。それ以外のものは、広報にすぎない』」

誰かの言葉の引用だろうか、と今井が考え出したところで、樫本がまた即座に引用元を指摘した。

「ジョージ・オーウェルね」

「詳しいな」

「マスコミもいくつか受けてるから」

今井は素直に樫本の知識量に感心した。

「これまでの話で分かってくれたと思うけど……民放の報道番組なんてのはあくまでポーズで、スポンサー企業と広告業界が許してくれる内容だけを流す娯楽番組というのが実際のところだ」

あくまで平静な口調で、国友が現状のマスメディアを断罪しはじめた。

「広告代理店と大スポンサーに刃向かうことができないテレビ業界に、自由なネットの世界からメスを入れる。広告業界の独裁から、マスメディアを開放する。これから立ち上げるサイトが実現するのは、メディアの民主化だ」

「民主化されてあのザマだって可能性もなくはねぇけどな」

国友に水を差すつもりはないが、本音が漏れた。国友に正面から向き直い、諭すように言う。

「樫本も言ってたが、広告代理店の影響を気にしてんなら、公共放送のＪＢＣは広告とは無縁だろ。運営費は受信料収入がほとんどなんだから」

小さく頷いた国友が、それも想定内だといった調子で応えた。

「広告代理店批判では、ＪＢＣは大いに力になると思う。ただ、彼らの場合、国との距離が問題になる。国費が投入されている上に、特殊法人として法人税を完全に免税されてる。どこまで政府に批判的な情報を報道し続けられるのか、少しだけ不安なんだ」

「免税されとるだけで、国を批判しなくなるってのは考えすぎやろ。賄賂もらってるわけちゃうんやし」

越智の指摘にもっともだと思ったが、国友はそこまで楽観していないようだった。そこで、国友を援護するように後藤が口を開いた。

「免税というのは、形を変えた賄賂だ。便宜を図ってもらうことで、相手に都合の悪いことを言いづらくなる。人間も法人も、その論理はさして変わらない」

後藤に大きく頷き、国友が改めて全員に向けて呼びかけた。

「だから、新しいメディアが要る」

「金はどうするんだよ。会社を作るだけでも、相当かかるだろ」

皆が抱いているであろう当然の疑問を投げかけたつもりだったが、国友は不思議そうにしている。彼にとっては、ひどく新鮮な疑問らしかった。

「嫌な話だけどね、あるところには、いくらでもあるんだ。今の社会では、特にね」

国友が鞄から通帳を取り出した。

「これ、おじさんに教えてもらって、大学2年の頃に作った投資会社の通帳。はじめた時期と運が良かったから、創業してからこれまで、利益は伸び続けてる」

通帳を手渡された樫本が、記された数字を認識した途端、大きく眼を見開いた。

「普段は……あまり見かけない数字ね」

その言葉で金額も気になったが、それ以上に今井には気になることがあった。気持ちを代弁するかのように椎名がおそるおそる尋ねる。

「いや、それよりもその通帳、国友銀行って……」

「一瞬、ごっこ遊びで自分の名前の銀行を作ってる頭のおかしな子か思ったけど、冗談ちゃうねんな」

樫本から通帳を受け取った越智が、それを躊躇なく部屋の明かりにかざしながら、面白くなさそうに言った。

「電央堂はコネ入社が多いなんて話はよく聞くけど……お前の苗字、旧国友財閥の国友なんだな」

自己紹介の際に聞けなかった疑問が、やっと解消できた。

「国友。お前の目的は何なんだよ。そもそも就活だって、する必要なかっただろ」

国友は、間を設けた後、邪気のない笑顔で語りはじめた。

「旧財閥レベルの大企業にも、電央堂にも、思い通りにならないメディアを作る。そのために、電央堂の実態を把握することが必要だと思ったんだ。だから素直に、選考を受けてみた。そして、想定以上の成果が得られた」

国友はそう言って、やや神経質な様子で自身の眼鏡に触れた。

「すでに材料は揃ってる。一緒に、新時代のメディアを作ろう。電央堂の敷いた鉄のレールを叩き壊せるような、自由で斬新なメディアを創るんだ」

気づけば室内の全員が、話に聞き入っていた。この会合がはじまってから、2時間が経過している。テーブルに置かれたグラスやジョッキは、どれも空になっていた。

「私、手伝う」

そう言ってはじめに手を挙げたのは、樫本だった。

「保守党と電央堂の意に沿う発信しか許されない国にはしたくない。ジョージ・オーウェルの描いた世界じゃないけど、『2+2=4』だと言える社会を守りましょう」

「ここまで関わった以上、途中で勝負を投げ出す気はない」

樫本に続いたのは、後藤だった。国友の言う新しいメディアにとって、政治は重要なテーマになる。霞が関の論理を、ある程度理解している人物が近くにいることは重要な意味がある。後藤の参加表明を聞いて、国友は大きく頷いた。

「電央堂がNGだったら、海外の大学院で数年学ぶつもりだったんだけど」

そう前置きをした上で、様子を見ていた椎名が語り出した。

「今の日本の低俗なメディアにはうんざりしていたから、できる範囲で手伝わせてもらおうかな。海外特派員が必要なときは、真っ先に立候補するよ」

海外通の椎名の参加表明に、国友がさらに笑みを大きくした。

「盛り上がってるとこ悪いけど、うちはパスな」

冷静沈着な声が響いた。国友は越智の協力もあてにしていたようだが、どうやら本人の意志は固そうだ。

「これ言ったら、また君らスパイだって騒ぐかもしれんけどな」

そう予防線を張った後、越智が淡々と報告する。

「つい最近、博通から内定もろたんや」

「え？」

対面にいた椎名が声を発した。電央堂一本にかけていた椎名には、彼女の報告が、あまりに予想外だったらしい。

「越智さん、あんたスパイの鑑《かがみ》だな」

今井が本心からそう混ぜ返すと、越智が「やかましいわ」と小さくつぶやいた後、いつになく真面目な表情で国友を見た。

「国友くんの言う、新しいメディアもおもろいと思うけど、うちは正攻法でもう少し勝負したろと思う。曲がりなりにも2大巨頭やからな。博通がしゃんとすれば、いつまでも電央堂と保守党の天下にはならへんやろ」

「頼もしいね」

国友は本心からそう言っているようだった。「奇策」で戦おうとする国友に対して、越智はあくまで正攻法を貫くつもりらしい。何人かが頷く中、室内の視線は、自然とまだ解答のない今井へと集まっていた。

「俺は……保留だ」

そう言うと同時に、室内には白けた空気が流れた。

「保留って」

樫本が、非難の色を強めて言う。

「白黒はっきりしてんのが、君のええとこやと思ったけどな」

今井の煮え切らない態度を、越智も揶揄する。こうなることは分かっていたが、場の雰囲気に流されて思ってもないことを言いたくはなかった。今井は、しばらく口を閉ざしたままでいたが、言葉を選びながら重い口調で自らの気持ちを伝えた。

「憶測と場の雰囲気で物事を決めちまったら……キャンバス島事件の動画を見て、戦争に賛成しちまった奴らと、何も変わんねぇだろ」

室内が静まり返った。少し間を置いて、椎名が口を開いた。

「それは、今井くんの言う通りだね。人間立場が変わると、いとも簡単に盲目になる」

今井は小さく頷き、部屋にいる全員に向けて言った。

「『イーゼル国を許すな』って感情の暴走が、賛成派の勝利に繋がったと俺は思ってる。あの選考で分かったろ。『怒れる大衆』ってのが、一番操作しやすいんだよ。『電央堂を許すな』なんて感情だけで突っ走ったら、勝ち目はない。そうだろ」

黙って聞いていた国友が、ゆっくりと頷いた後、口を開いた。

「今井くんは、このままいけば、僕たちが保守党と電央堂の掌で踊らされるだけだと、そう思ってるのかな」

国友の声は、ゲーム中には表に出さなかった冷徹な響きを含んでいた。その口調に不気味なものを感じつつ、今井はずっと感じていた懸念を口にした。

「いいか、国友。俺が心配してんのは、まさにそこなんだよ。保守党と電央堂が全ての黒幕で、何もかもを思い通りに操ってる。そんなこと、本当にありうると思うか？　あいつらのスキャンダルを出せば、それで悪が暴かれて良い世の中が来る。本当にそう思うか？」

「すぐに良くなるなんて思ってないよ。ただ、今より少しだけ良い社会になる」

そう断言する国友の目は自信に満ちていて、妖しい光を帯びてさえいた。

「お前の言う『良い社会』が、俺にも良い社会とは思えねえんだよな」

本心を口にして、国友に改めて向き合う。

「だいたいな、国友の計画は、今の時点でも明らかな穴がある。後藤の持ってきた情報には、えげつねぇくらい裏付けがありそうだけどな、電央堂の『プロパガンダゲーム』の方は、本当に行われていたことを示す証拠がねぇだろ。んな状況で、どうやって、攻める気なんだ」

数人が心配げに国友の表情を窺いはじめた。国友は、動じることなく静かに口を開く。

「そうだ、まだ言ってなかったね」

国友はかけていた眼鏡を取り外し、つるとレンズの付け根部分にある留め金を押す。かろうじて聞き取れる音量で、男性の声が室内に流れはじめた。今井はその音声の内容に気づき、息を呑んだ。

『……プロパガンダは、日常的に至るところに存在する』

電央堂、渡部局長の肉声。

「盗聴器。自分で作ってるって、言ったよね」

再び大きくざわめき立つ室内。二の句が継げないでいる今井を見て、国友が柔らかい笑みを浮かべた。

「どうだろう。ちょっと勝算、見えてきたかな」

23 プロパガンダ

途切れることのない会話で賑わう、個人経営の喫茶店。織笠藍は、入口から少し離れた壁際の席に座って、店内に目を向けていた。カウンターの斜め向かいに置かれたテレビでは大河ドラマの再放送が流れていたが、それに気を留める人はいない。他愛のない話に手を叩いて笑う女性たちの様子を見ながら、羨ましいと思う。大学で同学年の子たちと一緒にいても、どこかで疎外感を感じ、自分がその集団の一員だという感覚が持てなかった。人見知りがちな性格に、彼女たちより自分が2つも年上だという事実が重なり、その距離感が埋まることはなかった。社会に出れば、この感覚とも決別できるのだろうか。選考の頃を思い出しながら、アイスコーヒーのストローを遠慮がちにくわえる。

「あ、藍ちゃん！ 待たせてごめんね〜。あたしのケーキ、食べていいからね！」

香坂さんは現れて早々、明るい声でそう言った。番号札とコーヒーの置かれたトレイを机に置き、スマイルマークの書かれた黒のリュックを隣の椅子に降ろしながら、慌ただしく目の前に座る。私服の香坂さんを見るのは、はじめてだった。残暑も終わり、朝は肌寒さも感じる10月の下旬。彼女の着ているベージュのニットは、ウェーブのかかった栗毛によく似合っている。

「大丈夫。ちょうど来たところだから」

いつも通りにそう言うと、彼女は首をぶんぶんと横に振った。

「うんうん、私が呼び出したのに、遅れちゃったからだめ。藍ちゃんは、私のケーキを食べる権利があります」

店員からケーキの引き換えに受け取ったらしい番号札を振りながら、香坂さんはそう断言する。変なところで強情さを発揮する彼女に、織笠は思わず笑みをこぼした。

「じゃあ、ちょっとだけもらうね」

根負けしてそう答えると、香坂さんが満足そうに笑みを浮かべた。

「うん、あげる。ここのチーズケーキ、おいしいんだよー」

実感のこもった声でそう言う姿を見ながら、この子は、人懐こいゴールデンレトリバーみたいだと思った。

「あの後、香坂さんはどこか受けた？」

アイスコーヒーの氷をかき混ぜながら、さりげなく尋ねる。

「あ、うん。あたし、出身が福島なんだけどね、地元で評判いいデザイン会社さんがあって、そこの面接受けたんだ」

軽い調子でそう言って、香坂さんはコーヒーを口にした。

「書類選考受かったら、次がいきなり社長さんと面接でね。社員さんが5人くらいの小さい会社だから、そういうこともあるんだなーって思ったけど、はじめはちょっと、びっくりしちゃった」

「電央堂は、4次面接まであったからね」

　そう答えながら、織笠は最終選考で出会った人たちのことを思い出していた。

「ねー、だから余計にびっくり」

　最終選考から2週間が経った8月の下旬、合格通知はメールボックスに突然届いた。その本文を繰り返し黙読しながら、3往復くらいしたところでやっと実感が湧いてきた。「官邸」で連絡先を交換していた香坂さんとは選考が終わった後も何度かやりとりしていて、結果通知が来た後も、遠慮がちに連絡があった。結果を伝えると、大量の絵文字と顔文字で祝福された後、彼女自身も合格したことを伝えられた。

　最終選考の内容を思い返しながら、彼女の合格は、ある意味当然だと思った。前半終了後に彼女が後藤くんに語ったことが、後半の政府チームの方針になり、ゲーム全体の流れを大きく変えたのは確かだ。自分の役割は、彼女の思いをほんの少し形にしただけだった。

　そんなことを考えていると、正面に座る香坂さんが、マグカップに口づけながら、何か言いたげにしている雰囲気を感じた。

「何か、気になってることあるの？」

　織笠は、なるべく威圧的にならないように尋ねた。「おいしいチーズケーキのお店がある」

とこの場に誘われたが、彼女自身、伝えたいことがあるのかもしれないと思った。

「藍ちゃん、あたしね、電央堂の内定、断ろうと思うんだ」

「……そうなの」

表面上は驚いた素振りを取り繕ったが、心のどこかでは、こうなるだろうとは思っていた。肯定も否定もせず、彼女が気持ちを吐露するのを見守る。

「うちの大学で電央堂の入社試験に通った人って今までいないらしくて、ゼミの先生とかからも、すごい止められてるんだけどね……でもやっぱり、断りたくて」

別の人から聞けば自慢のように聞こえる話も、香坂さんから聞かされると、そうではないことがすぐに分かる。「大学にとってははじめての電央堂内定者」という事実も、今の彼女にとっては、プレッシャーなんだろうと思う。

「どうして、断りたいの」

心当たりはいくつかあったけれど、本人の口から理由を聞きたかった。香坂さんは、こちらの目をじっと見つめた後、静かな声で言った。

「私たち……入社したら、本当にあのゲームみたいなこと、やらされるんじゃないかな」

彼女の目は、どこまでも真剣だった。織笠が何も言えずにいると、彼女は先を続けた。

「選考の間は、みんなの役に立とうって思って一生懸命やったんだけど、あの最後の投票結果が出た瞬間に、急に怖くなったの。あたし、何をしちゃったんだろうって。このゲーム、何なんだろうって」
戦争賛成派が勝利したことを知らせるディスプレイを見ながら、蒼白な顔色をしていた彼女の姿を思い出す。香坂さんは、政府チーム最大の功労者だったけれど、それは同時に、パレット国を戦争に導いた貢献者という意味でもある。

「広告代理店って、宣伝してほしいって言ってきたお客さんのことは、どんな人でも宣伝するんだよね。その人たちがどんなに悪いことをやろうとしてても、きれいでかっこいいCMを作って、宣伝しなきゃいけないんだよね」

瞳には、不安の色が浮かんでいた。すがるようなその視線を受けながら、何をどこまで言うか迷った。

「あの局長が言ってたことを言い換えると、そうなると思う」

織笠がそれだけ伝えると、香坂さんは小刻みに頷いた。

「今はまだ大丈夫だけど……周りの状況が変わったら、『自分の国のために戦争しよう!』とか『他の悪い国をやっつけよう!』って宣伝も、きっとすることになるんだよね」

「……そういうことも、あるかもしれない」

彼女が懸念していることは、織笠自身も感じていた。電央堂は、国家レベルの宣伝を請け負うことができる数少ない企業だった。入社すれば、国の事業を宣伝する仕事も、中には当然あるだろう。あの奇妙な入社試験も、新入社員に「特定の国の事業」を宣伝させるための布石だと考えると、辻褄は合っていた。

「お待たせしました。ご注文のチーズケーキです」

男性の声に、はっと顔を上げる。焦げ茶色のエプロンをつけた店員が、番号札と引き換えに商品をトレイの上に置いた。

「あ、ありがとうございます」

深刻な表情を見せていた香坂さんは、店員にぱっと明るい笑顔を見せた。だが、店員の男性が微笑み返し、テーブルから去っていくのを確認した後で、また硬い表情に戻る。

「あたし、あの選考が終わってから、ほんとにいろいろ考えたんだけど」

チーズケーキに手をつけないまま、彼女が再び口を開いた。

「あのゲームの最中って、相手の悪いとこばっか言ってたなって。それで私たちに投票してくれた人もいたのかもしれないけど、それって、あたしの思ってた宣伝とは、ちょっと違ってて……」

そこで言葉を切った香坂さんが、チーズケーキをフォークで半分に分けた。片方を取り皿に分けると、こちらにそっと差し出す。

「宣伝って、誰かをやっつけるためにやることなのかなって。『このお店のチーズケーキおいしいよ』とか『この人のデザインした服かわいいですよー』とかね、ほんとはみんなに『こんなに素敵なものがあるよ』って伝えるために、やることなんじゃないかなって」

曇りのない彼女の瞳を見ながら、純粋な人だと思った。言葉に頷きながら、織笠は自分の考えを少しだけ話すことにした。

「短所を見つけて言葉にするのは、長所を言語化するより、ずっと簡単なんだと思う。自分の良いところを見つけるのを諦めてしまった人たちが、相手の短所だけを見つけて『宣伝』する。あのゲームで起きたのも、きっとそういうこと」

「そっかー。いいとこだけ見つけてくのって、確かにちょっと大変なのかな」

少し顔を曇らせた香坂さんの表情は、しぼんでしまった向日葵を彷彿とさせた。その様子に、思わず励ましの言葉をかけた。

「でも、香坂さんの考えは間違ってないと思う。難しくても、必要なことってあるから」

それに、難しいことは不可能なことではない。香坂さんが話してくれた理想は、自分にとっても大切な指針になると思った。

「あ、うん！　ありがと」

笑顔を取り戻した彼女を見て、温かい気持ちになった。話題がひと段落したのを見計らって、織笠は差し出された皿を見ながら、思っていたことを素直に伝えた。

「ちょっと私、もらいすぎじゃない？」

どう見ても織笠のケーキの方が大きかった。

「いいのいいの。今度、藍ちゃんオススメのお店があったら、連れてってね！」

本心からそう言っているようだった。その様子を見ながら、この子は他人をいたわることに躊躇がないのだと思った。まず自分が優しくする。そうすれば、きっと相手も優しくしてくれる。その思考は子どものように無垢だったけれど、織笠自身、すでにどこかで「彼女の思いに応えたい」と思いはじめているのも事実だった。

「分かった。探しておくね」

「うん、楽しみにしてるー」

そう言って香坂さんは、こちらにチーズケーキを勧めながら、一口目を頬張る。彼女につられて食べてみると、チーズの濃厚な風味が口の中に広がった。舌触りは思ったよりずっと柔らかく、ケーキの欠片は口の中で優しく溶けた。

「おいしい」

思わず、感想が零れる。

「でしょー？　こっちに住んでる友だちに教えてもらったんだ。このへん来ると、いっつも寄っちゃう」

香坂さんが、自分も二口目を頬張りながら、何度も頷く。2人がケーキを味わっている間、テーブルには穏やかな沈黙が流れた。

「昨日ね、地元のデザイン会社さんから、内定の連絡もらったんだ。だから私、電央堂断って、そっちに行くつもり」

ケーキを食べ終えた後、香坂さんがいたってリラックスした様子で口にした。

「周りの人に言ったら、『何考えてるんだー！』とか『やめろー！』とか言われるだろうけど、その方がきっと、いいのかなって」

彼女の決断を後押しできるように、大きく頷く。

「いいと思う。私は、香坂さんのことを応援する」

あの選考を経験していない人たちには、彼女の行動は理解できないかもしれない。ゲームを一緒に戦った自分だけでも、その決断をしっかり支えていこうと思った。少し間を置いて、ひとつ懸念していたことを伝える。

「ただ、仕事ってお金を払ってくれた人のためにすることだから、自分の好きな人たちとだけやっていくわけにはいかないのは、きっとどこでもそうだと思う。それは、電央堂でも、小さなデザイン会社でもそう」

彼女が電央堂に対して感じた不安はよく分かるけれど、理想だけで生きていくことができないのも確かだ。彼女が現実に打ちのめされてしまう前に、少しだけ免疫をつけられればと思う。

「そっかー。それもそうだよね」

香坂さんがアドバイスに素直に頷いた。

「やっぱり、藍ちゃんに相談して良かったな」

どこまでも自然にそう言ってくれる彼女を見て、自分がずっとどこかで求め続けていた「壁のない関係」が目の前にあることに気づいた。

「藍ちゃんは、どうするの?」

「私は、電央堂に行くつもり」

そう言うと、香坂さんが少しショックを受けた顔をしたが、織笠の気持ちは変わらなかった。声優という夢を諦めた後の自分の目標は、宣伝・広報という形でアニメ業界を支えることだった。もし、自分が望まないような仕事がたくさん与えられても、ほんの少しでも夢のための仕事ができるなら、それでいいのだと思った。大学に入るために借りた奨学金の額を考えると、きれいごとを理由に就職先を選べないことは、随分前に分かっている。

「きっと、香坂さんの直感は間違ってないと思う。大げさな言い方だけど、戦争したいって人たちばかりがお客さんになれば、電央堂の仕事は、『戦争するための宣伝』になる」

お金と権力のある人がみな、戦争を望まない平和主義者ならそういう仕事は生まれないだろう。だが、その両方を持っている人ほど、さらに何かを求めたがる欲の強い人たちが多いことは、専門学校の頃に垣間見ていた。

「だったら、そうなる前に『平和な社会の素晴らしさ』を宣伝できる人が、中にいた方がいいと思うの」

目の前のこの子を守るためにも、自分はあの会社へ行こうと思った。この純粋な瞳が、

「キャンバス島事件」を観たあのときのように濁る様子をもう見たくはなかった。人を戦争に向かわせる力が「プロパガンダ」にあるのなら、そうではない社会に向かわせる「プロパガンダ」も、きっとあるはずだ。創作作品の宣伝から、平和な日常を過ごせる素晴らしさを伝える。それは自分にとっても、やりがいのある目標だと思った。

『続いては、大学生の就職活動にまつわる事件です』

これまで大河ドラマの再放送を流していた、喫茶店の傍らにあるテレビが、いつの間にかニュースに切り替わっていた。ふとテレビに目をやった織笠は、その見出しに見覚えのある名称を見て、思わず声をあげた。

「香坂さん、見て」

そう言って彼女の背後にある液晶画面を指差す。少し驚いた様子で振り返った彼女は、そのまま食い入るように画面を見つめた。

『大手広告代理店、電央堂が行った入社試験の内容が著しく不適切だったとして、学生たちがインターネットに公開した音声が、ＳＮＳ上で大きな議論を呼んでいます』

「私たちの話……」

キャスターの右に表示されている画像は、モザイクでぼかされているが、明らかに「パレット」の画面を映したのものだった。

『問題となっている選考は、学生たちが無差別に戦争賛成派と戦争反対派に振り分けられ、その立場での広報を強制されるという内容のもので、学生らは思想良心の自由を侵害されたと主張しています。はじめにこの音声が公開されたニュースサイト、ＪＯＵＲＮＡＬＩＳＭ４によると……』

「誰が、やったのかな」

「分からない。選考を受けた誰かだとは思うけど……」

織笠の頭に、同じ選考グループだった６人の表情が浮かんだ。彼らが何か仕掛けたのだろうか。ＪＢＣのニュースで扱われたとなると、電央堂にとっても、ただでは済まないことは確かだった。彼らが選考内で学生らに求め続けていた「宣伝という行為への理解」と「胆力」を備えた攻撃が、全く予想外の形で、彼ら自身に降りかかっている。

「終わらないんだね」

香坂が、硬くこわばった声でつぶやいた。織笠は香坂の手を握り、報じられるニュースを無言で見つめ続けた。

24
勝者

光沢のあるフローリングと白い壁に囲まれたレンタルオフィスの一室。シックなデザインのリクライニングチェアに腰かけた国友が、膝上に置いたラップトップのディスプレイに目を向けている。

「昨日1日の合計View数、500万を超えたよ」

国友の報告に、室内からはにわかに歓声があがった。時刻は深夜1時。窓の外に広がるしんとした夜の外気とは対照的に、室内は活気に満ちていた。

「tabooニューストップに載ったときの5倍か。テレビメディアの影響力はいまだに大きいな」

国友が開いている「JOURNALISM4」の解析ページを覗き込みながら、後藤が言った。リサイクルショップで調達してきた薄型14インチの液晶テレビが、ニュースバラエティ番組を流している。不祥事を起こした人や企業を次々と断罪していく人気司会者を見ながら、今井は、言葉にできない違和感を覚えていた。

「保守党幹部のスキャンダル、第2弾はいつにする？」

室内が祝勝ムードに包まれる中、樫本が上気した表情で尋ねた。

「防衛大臣が釈明会見を開くタイミングにぶつけよう。それで、釈明内容に誰も興味を持たなくなる」

壁に背をもたれかけながら、椎名が両手を優雅に広げる。その言葉に各々が頷く中、突然、着信音が室内に鳴り響いた。

「誰?」

「僕じゃない」

樫本に睨まれた国友が、困惑した声で否定した。

「あ、俺のだ」

今井は、テーブルに置かれたまま発光するスマートフォンを手に取った。画面を見ると非通知の着信だ。いぶかしく思いながら電話に出た。

「はい、今井ですが」

余所行きの声で応答し、しばらく何も言わずに相手の出方を窺ったが返答がない。

「もしもし、聞こえます? 今井ですけど」

痺れを切らし、もう一度相手に呼びかけたが、それでも電話口からは何の応答もなかった。今井は周囲にわざとらしく肩をすくめた。だが、通話を切ろうとしたその瞬間、その声が聞こえてきた。

『あなたたちがやったの』

怜悧で、どこか機械的な口調だった。今井は、瞬時に通話相手の正体に思い当たった。

「どうした」

急に深刻な表情になった自分を心配したのか、後藤が声をかけてくる。今井は人差し指を唇に当て、周囲に静かにするよう促した後、通話をスピーカーモードに切り替えた。

『もう一度聞きます。あなたたちがやったの』

電話の主は、一切名乗らずに再びそれだけを口にした。温度の感じられない女性の声。やっぱりそうだ。今井は声の主が誰であるか確信を深めた。だが、何故このタイミングで、こんなことを尋ねてきているのかは、皆目見当がつかなかった。

「……もしかして、石川さんですか？」

思い切って、電話の主に対して問いかける。選考からは2か月以上が経過していたが、この特徴的な口調は聞き間違いようがなかった。相手はこちらの問いかけには答えないまま、質問を続けた。

『ＪＯＵＲＮＡＬＩＳＭ4というニュースサイトの件。あなたたちが関係しているの？質問にだけ答えなさい』

「なんで……」

突然の出来事に思わず声を漏らす樫本を、後藤が厳しく目で制した。今井は、周囲の様子を確認しつつ、平静を装って尋ね返す。

「一体、何の話をしてるんですか？」

『何度も言わせないで。あなたはJOURNALISM4というニュースサイトに関わっているか。イエスかノーで答えなさい』

問いに答える前に周囲の表情を窺う。強く首を横に振る樫本。両手で大きくバツを作る椎名。各メンバーがそれぞれの形でノーを表現する。その様子を見渡し、熟慮した後、今井は静かに尋ねた。

「……はいと言ったら？」

そう答えた瞬間、事務所の扉が激しくノックされた。メンバーたちは、お互いに顔を見合わせた。あまりのタイミングに、しばらく誰も何も口をきくことができなかった。いち早く我に返った椎名が、慎重な足取りで玄関の方へと向かった。

『その答えは、扉の前』

椎名が数歩進んだところで、今井のスマートフォンから再び声が聞こえた。

「言ってる意味が、よく……」

覗き穴に目を合わせた椎名が、その姿勢のまま硬直した。立ち尽くしている椎名のもとへ、他の面々が近づいていく。言葉を失ったままの椎名の肩に手をかけ、国友が代わりに扉の穴を覗いた。

「……嘘だろ」

『嘘じゃありません。意味が分かったら、さっさと鍵を開けなさい』

国友の短いつぶやきに、電話の主が反応した。今井は椎名と顔を見合わせる。

「何？　誰がいるの？　黙ってないで何とか言って」

痺れを切らして尋ねた樫本に、国友が重い口を開いた。

「電央堂の石川さんがいるんだ。今、扉の前にいる」

「え？」

予期せぬ返答に、樫本は言葉を続けられないようだ。

「どうしてこの場所が分かるんだ。俺たち以外、誰も知らないはずだ」

これまで厳しく会話を制していた後藤が、囁き声で全員の疑問を代弁した。

『その訳が知りたかったら、目の前の鍵を開ければいい。単純なことです』

囁き声に、再び受話器の先の女性が反応した。

「今ここに踏み込まれるのは、まずいんじゃないか」

ディスプレイに表示された、ＪＯＵＲＮＡＬＩＳＭ4のアクセスグラフに目をやりながら、椎名が言った。

「相手は1人？」

「そう見えるけど……」

樫本の疑問に、答える国友。

『私は正真正銘ひとりです。いつまでも怯えて行動できないなら、さらに情報を与えます。私は電央堂の味方ではないし、あなたたちの敵でもない』

電話の先の「石川らしき声」は、選考の際と同じ、機械的な口調でそう言った。

「どうする？」

「白を切ればいい。俺たちが電央堂の選考を暴露した証拠はどこにもない。何度も言質を取ろうとしているのが、その証拠だ」

そう言い切る後藤に、樫本は表情を硬くしたが、その発言に異論はないようだった。スマートフォンを机に置いたまま今井が逡巡していると、国友が近づいてきた。

「今井くんが断りづらかったら、僕の方からお引き取り願うよ」

電央堂の石川の意図が読めず硬直していた今井の代わりに、国友が机に置かれた携帯を手に取り、扉の前へと向かった。

「石川さん。石川さんの想像していることは全て誤解です。今日は僕が呼びかけて、電央堂の選考に落ちたメンバーで残念会を開いていたところでした。会の趣旨が趣旨ですから、石川さんをお招きするのは難しいんですよ」

『……国友くんね』

電話先の相手は、声と発言内容だけで対象を即座に断定した。国友はわずかに動揺したようだが、すぐに扉の閂《かんぬき》に目をやる。

「僕の声が聞こえましたね？」

『あなたが思ってるほど、大人は馬鹿じゃないのよ』

冷ややかな声。その警告と同時に、玄関の扉が激しい音を立てて開いた。室内の誰も、鍵には触れていない。突然の出来事に、皆身を硬くする。扉の前には、堂々と室内に入場してくるスーツ姿の石川の姿があった。抗議の声をあげようとした樫本が、石川の右手を見て、言葉を呑み込む。手には拳銃が握られていた。石川が顔の前まで銃を持ち上げると、銃口をこちらに向けて冷酷な声で言った。

「ごっこ遊びは終わりです。妙な動きを見せたら、こちらからあなたたち全員を無力化します」

「石川さん、冗談だよな」

今井は意を決して口を開いたが、石川は応答しない。平然とした表情のまま机まで歩を進めると椅子に腰掛け、全員を見渡した。

「全員、携帯端末の電源を切りなさい。今すぐにです」

命令の意図が理解できなかったが、皆石川の指示に従った。全員が作業を終えたことを確認した石川が、懐から茶封筒を取り出し、手にしていた拳銃とともに机の上へと置いた。予想に反して軽い音が室内に響く。

「この拳銃は彫刻です」

石川が、ほんの少しだけ悪戯っぽい声でそう言った。

「……は？」

今井が正直に漏らした声が、全員の気持ちを代弁していた。室内の誰もが、さっぱり意味が分からないという表情を浮かべている。

「『電央堂の石川という社員に、選考内容を暴露した疑惑があるとして室内に押し入られた。石川は室内を詳細に調査したが物的証拠は見つけられず、非礼を詫びた上でその場を立ち去った』。これが万が一、あなたたちがこの件に関して質問された際に、答えるべき模範回答です。いい？」

石川が朗々と告げたが、数秒間、皆物音すら立てず黙ったままだった。

「いや、良くない」

先にフリーズ状態から立ち直った後藤が、短く否定した。

「さすがに、説明不足だと思いますけど」

テーブルに置かれた拳銃をおそるおそる横目で見ながら、樫本が続く。

「……まぁいいでしょう。その前に」

石川はそこで言葉を切って椅子から立ち上がると、室内を歩き回りはじめた。

「あなたたちの判断を見るために少し時間を取りましたが、戦略はあまりに甘いと言わざるを得ない」

石川は国友の前で足を止めると、じっとその眼を見据えた。

「国友くん。あなたは私が大人しく立ち去ると信じていたようですが、強硬手段を取られる可能性は考えなかったのですか？」

「ここの扉は……外からは、普通は開かないはずです」

「普通でないことをやったんだから、普通でない手段を講じる人間に狙われることを念頭に置くべきですね。考えが甘すぎます」

石川は、何の衒《てら》いもなくそう言い切った。全く場所の手がかりがなく、鍵もかかっていた今井たちの「アジト」への侵入。その過程には確かに、普通ではない手段が介在しているはずだった。

「後藤くんも。相手が武器を持っていることは考慮に入れましたか？　面接時からそうですが、あなたは自分自身の力を過信しているところがあります」

「……この状況を想定しておけと説くのは、無茶でしょう」

後藤の反論には答えず、石川が再び歩みを進める。

「今井くん。見知らぬ相手からの電話に、軽々しく苗字を名乗るのは危険です。名前と電話番号を紐づけられます」

思ってもいない方向からの叱咤に動揺しつつ、今井は一方的な断罪に違和感を覚えた。

「それは、そうかもしんないけど……俺たちの評価なんて今はどうだっていいでしょ。まずは、この状況がどうなってんだって話ですよ。石川さん……あんた、何者なんですか」

「そもそも、どうしてこの場所が分かったの」

顎に手をやったまま、樫本が尋ねた。

「では、順を追って解説しましょう」

再びもといた席に腰を下ろした石川が、顔だけ樫本のいる方へと向けた。

「樫本さん。あなたはこの『アジト』に向かうために、GPS情報の利用を許可して、マップアプリを使用しましたね」

「そうですけど、それが何か」

「あなたたちの世代には、そのちっぽけな端末を自身の臓器のように思っている方々がいますが、それは大きな誤解です。その端末は当然あなたの一部ではなく、全くの他者です」

「だから、それが何……」

再び尋ねようとする樫本を遮って、石川が答えた。

「単純なことです。あなたは他者に自分の居場所を教えた。だから私がその他者からあなたの居場所を教わった」

その言葉が意味するところを理解した樫本が、表情を変えた。

「どうして、そんなこと」

石川は、テーブル上に置かれたままになっていたラップトップパソコンに触れ、軽快にそのキーボードを叩いた。あるページを開いたところで、5人にディスプレイが見えるよう本体ごと持ち上げる。画面に映し出されているのは、アンケート画面のようだった。

「みなさんには、選考終了後にメールでアンケートにご協力いただきました。このWEBアンケートには、『送信』をクリックすると同時に、端末のGPSを電央堂が読み取ることができるようになるコードが仕組まれていた」

何も悪びれずにそう語る石川に、室内から抗議の声があがった。

「そんな……協力したのに、ひどい」

「あぁ、ゲームに不満のあったあなたは、随分熱心にアンケートに答えていましたね」

怒りをぶつける樫本に対して、石川が思い出したように言う。

「そもそも、犯罪じゃないですか」

「ええ、そうです。だから何ですか。政府に刃向かうポーズをしつつ、困ったら警察に助けを乞うんですか。実に都合がいいですね」

真っ当な感覚で行為をたしなめる椎名に、石川は容赦なく反論した。閉口する椎名を尻目に、石川は続ける。

「私には、パソコンで回答した後藤くん、そもそもアンケートに回答しなかった今井くん以外の全ての携帯端末の居場所が分かりました。その中の3つが、頻繁に同じ場所に集まるようになった。そしてある日、電央堂の選考内容を暴露するニュースが世間に出回った」

ディスプレイを拳で軽く叩きながら、石川が5人の表情を順に確認していく。

「私はすぐにあなたたちの仕業だと確信を持った。全員がこの場所を離れている隙に合鍵を作り、盗聴器を設置し、そして今日ここを訪れた」

いつの間に取り出したのか、石川の人差し指には部屋の鍵のついたリングがかかっている。

「電央堂は一連の事件の責任を取って、おそらく重役の何名かが辞任するでしょう。今後のブランドイメージにも大きな損失を被る」

特に落ち込むこともなく、自身が所属する会社の暗い未来を淡々と語る石川。

「気分はどうですか。『巨悪』を懲らしめることができて、満足ですか」

石川がタイツを穿いた両足を組むと、突き放した口調で全員に問いかけた。迫力に圧倒されて、皆、何も言えずにいる。しばらくしてから後藤が口を開いた。

「これから世間は電央堂の動向に厳しく注意を払うようになる。電央堂は、もう自分たちの好きに世論を動かすことはできない」

ざまあ見ろとでも付け足しそうな口調で、挑発的な言葉を突きつける後藤。だが、それを黙って聞く石川は、何故か憐憫に近い表情を浮かべている。

「やっぱり勘違いしてるみたいね」

小さくため息をつくと、石川は後藤の視線を正面から受け止めながら言った。

「選考中を思い出しなさい。プロパガンダゲームでは、『イーゼル国を許すな』という世論が、パレット国を戦争に導きました。この世論を形成したのは、誰でしたか」

憮然とした表情で睨み返しながら、後藤はその言葉の意味を考え続けているようだった。

「後藤くん。あなたには、それほど難しくない質問のはずです」

「あなたには」という言葉を強調する石川。

「……政府チームだ」

そうつぶやいたのは椎名だった。石川は椎名に目を合わせると、硬い表情を崩さずに頷いた。

「ゲーム中、政府チームがイーゼル国を国民の敵に仕立てたように……この国の政府が、電央堂を敵に仕立ててた。あなたが言いたいのは、そういうこと？」

樫本が、怒りのこもったで声で石川に尋ねる。

「……俺たちが電央堂を追い詰めたんじゃなく、政府が電央堂を餌にしたのか」

後藤が、絞り出すような声でそうつぶやいた。後藤からすれば、いたくプライドを傷つけられる事実だったに違いない。つい先ほどまでＰＶ数のグラフを見て喜んでいたことが嘘のように、室内の雰囲気は重く落ち込んでいた。今井も後藤と同じ結論に至っていた。

自分たちは、政府によってうまくあしらわれたのだ。

「マスコミもネットも、この事件を取り上げるときの主語は電央堂だろ。電央堂の入社試験問題、電央堂の体質、電央堂の異常な社訓。電央堂がどうしてあのゲームを実施したのか、あのゲームの背後に誰がいたのかについては、全然言及がない。全員、電央堂っていう分かりやすい敵に目がいって、そこを叩くのに躍起になってる。これも、ゲーム中の『イーゼル国』と一緒だ」

今井と後藤の表情を交互に見た石川が、「我が意を得たり」とでも言うかのような表情を見せた。

「ええ、そうです。よく気づきました。あなたたちは、戦うべき相手を見誤っている。悪の権化のように言われる電央堂も、所詮は広告主の使い走りにすぎないということです。そこを正確に捉えないと、誤った結論が導かれます」

彼女はあくまで真剣な面持ちだった。樫本が警告に頷きつつ、頃合いを見て口を開いた。

「本気で戦争を止めようと思うなら、電央堂の先にいる、政府の動向を押さえないといけない。そういうことですよね」

選考中を彷彿とさせるような樫本の的確な要約に、石川は意外にも首を振った。

「政府さえ監視しておけば問題ないと考えているなら、それも誤りです」

再び室内がざわつく。

「それって、どういう……」

質問しかけた今井を遮って、石川が告げた。

「全てを教えてもらえると思わないことです。あなたたちは、これから誰にも答えが分からない問いに、絶えずぶつかることになる。確かなことはそれだけです」

石川はそこで言葉を区切ると、ディスプレイの両脇に表示された広告に目を向けた。

「電央堂はトカゲの尻尾として早々に切られて、騒動の火消しに奔走している状況です。悪の枢軸だったはずの保守党も、学生風情が暴露した情報に右往左往している。では、あなたたちに聞きます。この状況を作り出して、無傷でいるのは誰ですか」

電央堂事件、保守党スキャンダル……その全てに関わった上で、無傷でいる存在。今井の脳裏には、その全てのニュースを訳知り顔でコメンテーターと話す、アナウンサーの表情が浮かんだ。

「メディア……自身か」

石川が口角をあげて笑った。選考時には決して見せなかった、扇情的な表情をする石川を見ながら、今井は、ふと「人間の笑いは動物の威嚇に由来している」という話を思い出した。

「電央堂も、まさかマスメディアが自分たちに牙を剥くとは思っていなかった。自分たちの制作する広告がなければ、マスコミ……特にテレビは立ち行かない。これだけ世話をしてる相手に、彼らが刃向かうわけがない。そう思っていた社員がほとんどでした」

石川が、淡々と社内の状況を説明する。

「だけど、事実は違ったというわけですね」

今井は、その語尾を引き継いだ。口火を切ったのは公共放送のJBCだったが、はじめは何の反応もなかった民放メディアも、SNSで騒動が拡散してからは、それを後追いするようにニュース番組で「電央堂選考問題」を取り上げていた。

「ええ。彼らはその情報が大衆に受けると分かれば、内容を問わずニュースとして取り上げるということです。たとえ、その報道によって苦しむ個人がいようが、そんなことは知ったことではない。苦しむ対象が電央堂の社員だろうと、その理屈は変わらない」

口調はあくまで平静を保っていたが、石川の言葉のひとつひとつには棘があった。今井はその様子を見ながら、選考中は「鉄の女」のように見えた彼女も、感情を持つ人間であることに改めて気づく。

「他人の人生をコンテンツとして消費して、何ら反省することはない。それでいて、正義を自任している」

石川は、自らに言い聞かせるようにそう言った後、今井たちを振り返った。

「あなたたちのやったことは、電央堂に少なからず害を与えました。ただ、これは我々にとって必要な過程だった」

「我々って、誰のこと？」

樫本の質問には答えず、石川が含みのある表情で語り出した。

「電央堂社員の中で、この場所とあなたたちのことを知っているのは、私だけです」

あまりに意外な話だった。今井は国友と顔を見合わせる。石川がここに現れたのは、会社の指示ではないらしい。だとしたら、彼女の意図は何なんだ。

「こちらの提示する条件をあなたたちが呑めば、この件は不問とします。『ＪＯＵＮＡＲＩＳＭ４』はこの場所で運営を続けられると同時に、スキャンダルを仕掛けた数人の正体は隠匿されます」

「……石川さんがここを訪れたのは、交渉のためってわけですか」

今井の問いかけに対する返答はなかったが、否定しないことがひとつの答えではあった。

世論は、今井たちが立ち上げたネットメディア「ＪＯＵＲＮＡＬＩＳＭ４」を支持する人たちばかりではない。特に、保守党のスキャンダルを暴露したことで、党支持者を中心に「ＪＯＵＲＮＡＬＩＳＭ４」に対して過激な批判を加える人間も出てきている。今この状況で、電央堂や保守党のスキャンダルを暴露した人間として実名が公表されれば、自分たちの身が無事では済まないことは確かだった。今井が逡巡していると、櫟本が強い口調で反論しはじめた。

「脅迫になんか屈しない。政府や広告代理店の言いなりにならない、真に独立した報道のために、私たちのメディアはあるの」

櫟本の正論にも、石川は全く動じない。

「政府の言いなりにも、代理店の言いなりにもならなくて結構。それに、これから私が挙げる条件は、真に独立した報道のために必要なものです」

想定していなかった回答に、樫本は何も答えられない。主宰者であり、このメディアの出資者でもある国友が、その場を代表して口を開いた。

「その条件を、教えていただけますか」

石川が満足げに頷いた。

「私の条件はこうです。あなたたちの作ったネットメディアに、ひとつ目的を加えたい。政府と企業だけではない。マスメディアにとっても不都合な情報を報道するということ。彼らに対しても情報戦を挑み、真の意味でのオルタナティブ・メディアを目指す。これがあなたたちに望むことです」

提示された条件は、今井には条件というより激励のように聞こえた。彼女は、こうなることを全て予測していたのかもしれない。石川は、広告代理店と政府、それにメディアの暴走を止められる存在を、彼女なりに探し続けていた。だからこそ選考のアンケートに、あらかじめ追尾可能なプログラムを仕掛けていた。そう考えれば、全ての辻褄が合う。

「既存のマスメディアは、力をつけすぎました。彼ら自身が、巨大な権力と化している」

石川は、机の上に置かれた封筒に視線を送った後、全員に語りかけた。

「これから行われることは戦争です。盗聴やＧＰＳの無断探知は日常になります。使われるものが実弾から情報に代替されただけで、この戦争は人の日々の生活を変え、命を奪うことすらある」

言葉は脅迫めいていたが、それが全くの絵空事だとは思わなかった。ワイドショーをにぎわせるニュースには、すでに盗聴や盗撮が情報源になっているものが多数ある。それを悪いと指摘する人がほとんどいないことを考えると、都合の悪い相手を潰すために、盗聴や盗撮を使う未来は、想像に難くなかった。石川がテーブルに置いた封筒を掴み、その中身を取り出した。

「あなたたちは、この情報戦争を戦い抜く覚悟がありますか。戦い抜き、メディアに革命を起こすその覚悟が」

手には、現金の札束と選考中に使用されていた「レジスタンス」のカードが1枚握られていた。

「覚悟があるなら、私たちは同志です」

不敵に笑う石川。その迫力に口をきけずにいるメンバーの中で、国友が真っ先に口を開いた。

「石川さんが、正式に僕たちの仲間になりたい。そう理解してよろしいですか？」

「ええ、その通りです」

既存の政府・メディア・広告代理店に反旗を翻す「レジスタンス」。その一員に、電央堂の石川さんも加わる。「JOURNALISM4」にとっては、強力な後ろ盾と言えるだろう。

「古巣の電央堂に都合の悪いことも、たくさん行っていくことになります。石川さんは、それでいいですか?」

「もちろん。政府にも、マスメディアにも都合の悪いことをやりましょう」

石川の迷いのない声。それに頷く国友を見ながら、今井は、まだ胸の奥に小さな引っかかりを覚えていた。

「……それなんだけどさ」

国友と石川の表情を交互に見ながら、口を挟む。

「都合の悪いことをやるだけじゃ、だめだろ」

石川が口を真一文字に結んだ。

「俺たちは、政府が嫌いな奴らや、マスコミ嫌いの奴らのストレス発散装置になるだけじゃきっとだめなんだ。どこにでもいる、当たり前の人たちの役に立つメディアになる。それが、一番大事なことじゃないのか」

プロパガンダゲームを戦い抜き、このメディアを立ち上げる中で気づいたことは、誰かを叩くという発想では、結局何も良くなりはしないということだった。本当に物事を良くしようと思ったら、誰かに都合の悪いことを言うだけじゃなく、誰かの役に立つ必要がある。部屋にいる、今井以外の5人はしばらく誰も口をきかなかったが、これまで発言の少なかった後藤が、いつもの確信のこもった口調で切り出した。

「確かに、反政府組織の御用聞きになっては意味がないな。自由な報道とは程遠い」

後藤は相変わらず「政府」という視点を先に考えているようだったが、そういう人間が中にいることも、今井はこのチームの強みだと考えていた。

「ネットのオピニオンにだけ媚びるのもNGだね。それはジャーナリズムとは呼ばない」

軽快な口調でそう付け加える椎名に、今井は大きく頷く。ネットからはじまったからと言って、ネット世論に迎合するだけでは、メディアとは言えない。

「……叩くだけじゃ意味がない。そこから、有益なものを作り上げる」

自らに言い聞かせるように、国友がつぶやく。

「少数にしか利益のないシステムを、大多数の人たちに役立つものに作り変える。もしそれができたら……本当の意味で、革命でしょうね」

樫本が「革命」という言葉に強くアクセントを置いて言った。その目には選考時よりも明るく、強い光が満ちていた。

「やり遂げましょう。我々には、それが可能です」

石川が全員を見渡して断言した。情報を武器にした戦争、「プロパガンダゲーム」。

本当の闘いが、ここからはじまろうとしていた。

双葉文庫

ね-03-01

プロパガンダゲーム

2017年10月15日　第1刷発行
2024年10月31日　第9刷発行

【著者】
根本聡一郎《ねもとそういちろう》

【発行者】
島野浩二
【発行所】
株式会社双葉社
〒162-8540 東京都新宿区東五軒町3番28号
［電話］03-5261-4818（営業部）　03-5261-4844（編集部）
www.futabasha.co.jp（双葉社の書籍・コミックが買えます）
【印刷所】
中央精版印刷株式会社
【製本所】
中央精版印刷株式会社

【フォーマット・デザイン】
日下潤一

ISBN978-4-575-52043-9 C0193
Printed in Japan